Die drei !!!

Die drei !!!

Mission Gipfelglück

Mira Sol

KOSMOS

Umschlagillustration von Ina Biber, Gilching
Umschlaggestaltung von Sabine Reddig

Weitere Bände dieser Reihe siehe S. 176

MIX
Papier aus verantwortungsvollen Quellen
FSC® C083411
FSC
www.fsc.org

Gedruckt auf chlorfrei gebleichtem Papier

ISBN 978-3-440-17076-2
Redaktion: Franziska Latoska
Lektorat: Claudia Müller
Produktion: DOPPELPUNKT, Stuttgart
Druck und Bindung: CPI books GmbH, Leck
Printed in Germany / Imprimé en Allemagne

Die drei !!!

Mission Gipfelglück

Lilo!?

»Schau mal, wer da kommt!«, rief Kim, die gerade mit einer großen Plastikbox unter dem Arm die Treppe vor der Villa der Familie Grevenbroich hinunterlief.
Marie schob ihren Koffer schnell ein Stück weiter in den Gepäckraum des Vans und drehte sich um. »Holger!« Sie lief ihrem Freund entgegen.
Holger hielt sein Fahrrad mit quietschenden Bremsen beim Springbrunnen auf dem Vorplatz an. »Hey, Marie!«, rief er gut gelaunt.
Sie hauchte Holger einen Kuss auf die Wange. »Das ist ja eine Überraschung! Ich dachte, du bist schon längst auf deiner Radtour.«
»Die geht gleich los.« Holger lehnte das Rad an den Brunnenrand und pustete sich eine Strähne seiner rotbraunen Haare aus der Stirn. »Aber ich wollte dir vor der Abfahrt noch etwas geben.« Er griff in die Packtasche am Lenker und zog einen kleinen, schwarz-weiß gefleckten Gegenstand hervor. »Ich habe einen Talisman für dich!« Mit einem Lächeln überreichte Holger

Marie eine kleine Kuh aus Plüschstoff, die an einem silbernen Schlüsselring hing. »In der Schweiz gibt es so viele Kühe, und die findest du doch unheimlich. Der Anhänger soll dir Mut machen.« Holger stupste auf den Bauch der Tierfigur und eine leise Stimme erklang: *»Muh, I love you!«*
Marie musste lachen. »Das ist süß von dir. Danke!« Sie nahm die Plüschkuh und murmelte: »Wenn die in echt nur auch so klein und knuffig wären.« Marie seufzte.
Seit sie denken konnte, waren ihr Kühe einfach nicht geheuer. Franzi hatte ihr schon mehrfach erklärt, dass diese Tiere intelligent und sanftmütig waren, wenn man gut mit ihnen umging. Aber das konnte Marie einfach nicht glauben.
»Ich wünsche dir eine tolle Zeit in den Schweizer Bergen und viel Spaß beim Film-Dreh!«, sagte Holger. Seine Augen leuchteten im Licht der Sommersonne goldbraun auf.
»Danke! Hab auch eine schöne Tour!« Marie schlang die Arme um Holgers Nacken und genoss das warme Kribbeln, das sich in ihr ausbreitete, als sich ihre Lippen berührten.
»Wir sehen uns nächste Woche wieder«, sagte Holger schließlich leise. »Ich muss los, mein Reise-Buddy wartet.«
»Dann hast du doch noch jemanden gefunden, der es sich zutraut, bei deinem Tempo mitzuhalten«, stellte Marie fest und grinste. »Wer ist der mutige Mensch?«
Holger deutete zur Allee vor der Einfahrt. »Da drüben steht er.«
Marie sah im Schatten der Bäume, die die Straße säumten, eine Gestalt. Sie beugte sich gerade über ein Tourenrad und zog den

Riemen an einer der Satteltasche fest. Die Person trug graue Sportkleidung mit pinkfarbenen Streifen und einen schwarzen Fahrradhelm, der ebenfalls mit einem Streifen in Pink verziert war.
Marie stutzte. Diese Jacke und den Helm kannte sie.
Sie schnappte nach Luft. Dort drüben wartete Lilo, die hübsche Studentin, die mit Holger zwei Mal in der Woche Mathe übte! Die Nachhilfelehrerin war Marie schon seit geraumer Zeit ein Dorn im Auge. Holger konnte noch so oft versichern, dass er Lilo zwar nett fand, aber absolut kein Interesse an ihr hatte, Marie konnte das nicht glauben. Immer wieder wurde sie deshalb in der letzten Zeit von Eifersuchtsattacken heimgesucht. Und jetzt machte Holger mit seiner Nachhilfelehrerin eine mehrtägige Radtour!
»Lilo!? Ich fasse es nicht«, sagte Marie laut.
»Lilo?«, wiederholte Holger und sah Marie belustigt an. »Was hast du denn jetzt schon wieder für ein Problem mit ihr?«
»Du fährst für eine Woche mit ihr weg!«, rief Marie. »Das soll kein Problem für mich sein?«
Holger schüttelte den Kopf. »Ich glaube, du brauchst dringend eine Brille. Das dort drüben ist mein Kumpel Jakob.«
»Wie bitte?« Marie starrte zu der Gestalt. Sie stand nun mit dem Gesicht zur Einfahrt und winkte herüber. Marie biss sich auf die Lippe. Unter dem Fahrradhelm war eindeutig das schmale, sonnengebräunte Gesicht von Holgers neuem Sportkumpel Jakob zu erkennen. »Lilo hat genau so einen Helm und die gleiche Jacke«, sagte Marie kleinlaut.

Holger zuckte mit den Schultern. »Ich glaube, die beiden sind im selben Radsportverein.« Er stieg auf sein Fahrrad. »Ich verstehe dich echt nicht. Wie kann man bloß so eifersüchtig sein?«
Marie sah Holger betrübt an. »Tut mir leid«, brachte sie lahm hervor.
»Mensch, Marie.« Holger schüttelte lächelnd den Kopf. »Du bist einfach unverbesserlich.« Er schickte ihr einen Kuss durch die Luft und rollte mit seinem Fahrrad los.
Marie winkte ihm nach. »Sorry noch mal!«, rief sie, aber ihr Freund hörte sie nicht mehr.
Holger hielt neben Jakob an, die beiden befestigten ihre Smartphones an den Lenkern und fuhren los. Schon nach kurzer Zeit waren die Jungs aus Maries Sichtfeld verschwunden. Sie seufzte.
»Ist alles in Ordnung?«, hörte sie plötzlich Franzis Stimme ganz in der Nähe.
Marie sah überrascht zur Seite. Sie hatte gar nicht bemerkt, dass ihre Freundin mittlerweile auch schon gekommen war.
»Es geht so«, murmelte Marie. »Ich habe eben eine ziemlich peinliche Aktion hingelegt. Darüber will ich lieber nicht sprechen.«
»Okay.« Franzi legte Marie ihren Arm um die Schulter. »Ich ahne schon, um was es geht. Wenn du doch reden willst, sagst du Bescheid, ja?«
Marie nickte stumm. Sie war froh, die kommenden Tage mit Kim und Franzi verbringen zu können. Die beiden waren nämlich nicht nur die besten Detektivkolleginnen, die sie sich vorstellen konnte, sondern obendrein ihre allerbesten Freundin-

nen, die mit ihr durch dick und dünn gingen. Dieser Gedanke hob Maries Laune sofort.

»Komm!« Franzi fasste sie an der Hand und zog sie mit sich. »Die anderen warten schon.«

Maries Stiefmutter Tessa saß hinter dem Steuer des Vans und aktivierte gerade das Navi, während Maries Vater auf dem Beifahrersitz konzentriert auf seinem Tablet las. Marie kletterte nach Franzi zu Kim auf die Rückbank und zog die Tür zu.

Tessa sah über die Schulter zu ihnen. »Prima, alle an Bord. Dann kann's losgehen!« Sie schnippte mit den Fingern. »Haben wir die Sachen, die das Filmteam im Studio vergessen hatte? Diese Box mit den Requisiten für Helmuts Kletterszene?«

Maries Vater ließ das Tablet sinken. »Die habe ich heute Morgen abgeholt. Aber sie steht noch bei uns in der Eingangshalle. Das tut mir leid.«

Kim schüttelte den Kopf. »Ich habe sie eingeladen.«

»Perfekt, danke!« Maries Vater nickte Kim zu und vertiefte sich wieder, leise murmelnd, in seine Lektüre.

Marie musste grinsen. Bestimmt lernte ihr Vater gerade wieder auf den letzten Drücker seinen Text. Er war Schauspieler und durch seine Rolle als Kommissar Brockmeier in der erfolgreichen Vorabendserie *Vorstadtwache* einem breiten Publikum bekannt geworden und sehr beliebt. Marie war stolz auf ihren Vater. Und sie genoss es, durch ihn immer wieder mit der Welt von Film und Fernsehen in Berührung zu kommen.

Tessa ließ den Motor an und steuerte den Van zur Ausfahrt. »Auf geht's zum Dreh für die 250. Folge der *Vorstadtwache*!«,

rief sie unternehmungslustig. »Freut ihr euch auf eure Statistenrollen?«
Die Mädchen nickten begeistert.
»Ich wollte schon immer mal einen flüchtenden Verbrecher über ein Alphorn stolpern lassen!«, rief Franzi.
Kim kicherte. »Das wird bestimmt sehr cool.«
»Ich finde die Dirndlkleider und die Blumenkränze, die Kim und ich tragen werden, toll.« Marie stupste Franzi an. »Und du wirst in deiner Jungs-Tracht bestimmt auch spitze aussehen!«
Franzi nickte. »Zum Glück wollte Tom noch eine Jungenfigur dabeihaben. »Ich fühle mich in Hemd, Hose und Hirtenhut viel wohler als in einem Dirndl.«
Tessa setzte den Blinker und bog zur Ausfallstraße ab. Sie warf Helmut einen kurzen Seitenblick zu. »Die Drehbuchautoren haben sich wirklich etwas für die Jubiläumsfolge einfallen lassen!«
»Absolut!« Maries Vater grinste. »Der arme Kommissar. Er kommt auch nie zur Ruhe. Selbst im Urlaub in den Schweizer Bergen muss er auf Mörderjagd gehen.«
Tessa pfiff durch die Zähne. »Der Dreh der Kletterszene in den Bergen wird bestimmt sehr spannend. Ich freue mich auf die Aufnahmen.«
Marie lächelte Tessa im Rückspiegel an. Sie fand es toll, dass ihre Stiefmutter von ihrer Arbeit als Kamerafrau so begeistert war.
Im nächsten Moment klingelte das Handy von Maries Vater.

»Das ist Tom, unser Regisseur«, murmelte er und nahm das Gespräch an.
Während ihr Vater leise telefonierte, lehnte Marie sich zurück. Sie sah Franzi und Kim an. »Was wollt ihr in der Woche machen, die wir nach unserer Szene noch haben?«
Kim bekam sofort leuchtende Augen. »Schweizer Schokolade essen, auf der Alm im Gras liegen und *Heidi* lesen!«
»Das ist mir zu langweilig!«, rief Franzi. »Ich will Bergtouren machen, auf einer Almhütte übernachten und mit einem Sessellift fahren!«
Marie nickte. »Das klingt alles sehr gut.« Sie strich sich eine Strähne ihrer langen blonden Haare aus dem Gesicht. »Ich bin bei allem dabei. Und abends gehen wir eine Runde im Hotel-Pool schwimmen. Oder ich steige in ein duftendes Heublumen-Bad.« Sie schloss die Augen und freute sich. Tessa hatte ihr erzählt, dass sie in einem schönen Hotel im Dorf untergebracht waren. Die anderen vom Filmteam waren schon einen Tag früher angereist und hatten am Telefon in den höchsten Tönen von der Unterkunft geschwärmt.
Die Stimme ihres Vaters riss Marie aus ihren Gedanken. »Danke für die Info«, sagte er, lauschte kurz und fügte hinzu: »Das klingt gut. Bis bald.«
»Was gibt's denn?«, wollte Tessa interessiert wissen.
»Alles in Ordnung«, sagte Maries Vater. »Das Hotel hat aus Versehen unsere Zimmer an andere Gäste vergeben.«
»Wie bitte?« Marie setzte sich kerzengerade auf. »Wir haben keine Zimmer, und du sagst, dass alles in Ordnung ist?«

»Lass mich ausreden.« Ihr Vater hob beschwichtigend die Hände. »Tom hat für uns eine andere Unterkunft besorgt.« Er sah Marie begeistert an. »Es ist das alte Kloster *St. Annaberg.*«

»Wow!«, rief Tessa. »Das klingt spannend! Die Fünf-Sterne-Hotels fand ich sowieso langsam etwas eintönig.«

Kim nickte. »Ein altes Gemäuer, mit vielen Fluren und Gängen, ein bisschen unheimlich und abenteuerlich. Das wird großartig!«

»Das ist jetzt nicht euer Ernst.« Marie runzelte die Stirn. »In so einem alten Gebäude gibt es bestimmt kein Internet und keinen Handyempfang!« Dann schoss ihr der nächste Gedanke durch den Kopf. »Und ein eigenes Bad haben diese Klosterzimmer garantiert auch nicht.« Sie zwirbelte nervös eine Haarsträhne zwischen den Fingern.

»Jetzt mach doch nicht so ein Gesicht«, sagte Kim. Sie hielt Marie eine Tüte Gummibärchen hin. »Tom wird deinen Vater und Tessa niemals in irgendeiner Bruchbude übernachten lassen. Alles wird gut!«

Marie nahm sich zwei Bärchen und steckte sie in den Mund. »Das hoffe ich«, nuschelte sie.

Grüezi miteinand

Die Fahrt verging wie im Flug. Schon bald zogen sattgrüne Wiesen, dunkle Tannen und majestätische Berge mit schneebedeckten glitzernden Gipfeln am Autofenster vorbei.

Franzi rutschte unruhig auf dem Sitz herum. »Ich würde am liebsten sofort da hinauf!«

Maries Vater nickte. »Das könnte klappen. Tom sagte, dass das Kloster weit oben in den Bergen liegt. Einige Wander- und Kletterrouten führen direkt daran vorbei.«

»Perfekt!« Franzi strahlte mit der Sommersonne um die Wette und fing an, übermütige Jodeltöne von sich zu geben.

Kim stimmte mit ein und die beiden sangen inbrünstig: *»Holala lili, holala lilo, holala lilo liloo lilooo!«*

Bei der dritten Wiederholung verdrehte Marie die Augen. »Könnt ihr bitte aufhören? Dieses *LILO* nervt. «

Ihre Freundinnen verstummten augenblicklich.

»Sorry«, sagte Franzi leise. »Das ist mir gar nicht aufgefallen.«

»Schon gut«, murmelte Marie. Sie blickte gedankenverloren zum Fenster hinaus.

Mittlerweile hatten sie die Autobahn verlassen, und Tessa lenkte den Van konzentriert auf einer schmalen Straße, die sich in engen Kurven steil den Berg hinaufzog. Auf den Almwiesen weideten Ziegen und Schafe, und vereinzelte Gehöfte aus dunklem Holz mit hellgrauen Schieferdächern tauchten auf. Hinter der nächsten Kurve wurde der Blick auf einen großen, eindrucksvollen Gebäudekomplex gelenkt, der sich an den Berg schmiegte. Das Gemäuer wies verwitterte Stellen auf und war von Rissen durchzogen. Dichte Pflanzenbüschel und kleine Bäumchen wuchsen darin. Ein mächtiger Turm mit einer großen Glocke ragte in den Himmel. Am Gebäude daneben fehlte das Glas in den Fenstern und unzählige kleine Nester aus Lehm hafteten an den morschen Rahmen. Schwalben schienen die einzigen Bewohner dieses Trakts zu sein.

»Willkommen in St. Annaberg«, sagte Tessa zweifelnd.

Maries Vater betrachtete das alte Klostergebäude interessiert. »Das wäre ein toller Ort für einen Film.«

»Ja, schon.« Marie runzelte die Stirn. »Aber hier kann man doch nicht wohnen. Das muss ein Irrtum sein.«

Kim und Franzi schwiegen und sahen sich fragend an.

Minuten später steuerte Tessa den Van auf einen kleinen gekiesten Platz, auf dem mehrere Autos standen. Sie parkte im Schatten einer großen Buche.

»Es gibt hier tatsächlich Gäste«, stellte Kim fest. »Da steht sogar ein Wagen mit deutschem Kennzeichen.«

»Und da vorne ist ein Hinweisschild!«, rief Franzi und schob die Tür des Minibusses auf.

Der Kies knirschte leise unter ihren Füßen, als sie auf das Schild zuliefen.
»*Arbeitsnest Annaberg – Wohnen und Arbeiten auf Zeit*«, las Marie vor.
»Was soll das denn sein?«, fragte Franzi. Sie zupfte an einem ihrer kurzen roten Zöpfe. »Na, wir werden es gleich sehen.«
Sie folgten dem Pfeil auf dem Schild, der zur linken Seite des Gebäudetraktes zeigte. Auf einem gepflasterten Pfad, der neben dem Gemäuer entlangführte und von dichten Büschen gesäumt war, gelangten sie an eine breite Tür aus schwerem, dunklem Holz. Darauf war ein großes ovales Metallschild mit dem Schriftzug *Herzlich willkommen im Arbeitsnest Annaberg* angebracht.
»Das klingt doch nett.« Maries Vater drückte die Klinke hinunter und das Tor schwang auf. Ein weitläufiger, wild wuchernder Garten lag vor ihnen.
»Grüezi miteinand!«, sagte jemand nicht weit von ihnen entfernt. »Einfach reinkommen und das Tor wieder zumachen.«
Marie lugte neben ihrem Vater hervor und staunte: Zwischen zwei knorrigen alten Bäumen war eine große Hängematte gespannt. Darin hatten es sich zwei Männer gemütlich gemacht. Der eine war rothaarig, der andere blond. Beide trugen auffällige Designer-Brillen, hatten sorgfältig gestutzte Vollbärte und waren in helle Jeans und schwarze Hemden gekleidet. Sie hatten aufgeklappte Laptops vor sich. Der Mann mit dem roten Haar tippte eifrig, ohne den Neuankömmlingen Beachtung zu schenken. Der andere nickte knapp. »Ihr seid neue Gäste,

oder? Zur Anmeldung geht's da lang, ins Haupthaus. Daniel und Laura sind da.« Er deutete auf einen Pfad aus Natursteinen, der sich durch den Garten schlängelte. »Einfach den Platten folgen.« Ohne eine Reaktion abzuwarten, richtete der Mann den Blick wieder auf seinen Laptop.

»Sind das Mönche?«, fragte Franzi leise, während sie den Steinweg entlangliefen.

»Das glaube ich nicht«, sagte Marie. »Es sieht hier auch überhaupt nicht aus, wie ich es mir in einem Kloster vorgestellt habe. Hängematten, Grillstelle, selbst gebaute Gartenmöbel aus Paletten …«

»Daniel Reiser hat wirklich ein kleines Paradies erschaffen!«, sagte plötzlich jemand, der hinter einem üppig blühenden Rosenbusch stand. Marie blickte sich überrascht um.

Es raschelte und eine ältere, rundliche Frau in einem schwarzen Nonnengewand trat hervor. Sie hatte einen Korb mit Rosenblüten in der Hand und lächelte die Mädchen freundlich an. »Herzlich willkommen im Kloster St. Annaberg oder vielmehr: im Arbeitsnest!«

»Vielen Dank!«, sagte Marie. »Es ist wirklich sehr schön hier. Und so überraschend.« Sie zögerte. »Ich meine, der vordere Teil des Klosters sieht ja ein bisschen renovierungsbedürftig aus.«

Die Nonne seufzte. »Das ist er, leider. Es ist einfach nicht genügend Geld da, um das alte Gebäude instand zu halten. Es lohnt sich auch nicht, weil wir hier nur noch sechs Schwestern sind. Niemand will mehr ins Kloster gehen. Daher werden wir bald zu einer anderen kleinen Nonnen-Gemeinschaft übersiedeln.« Sie zupfte an der langen Rosenkranz-Kette, die sie um den Hals trug. »Die Verwaltung verkauft nach und nach Teile von St. Annaberg. Sie werden dann nicht mehr für Kirchenzwecke genutzt. Das ist schade. Aber ich finde es wunderbar, dass dieser Ort trotzdem wieder mit Leben gefüllt und in Zukunft nicht leer stehen wird.« Die Nonne lächelte. »Herr Reiser hat den alten Trakt sehr schön umgebaut und beherbergt in den Studios Gäste aus aller Welt. Viele kommen, um hier konzentriert an ihren Projekten arbeiten zu können. Meine Mitschwestern fühlen sich zwar durch die Gäste öfter gestört, aber ich finde es spannend, so viele verschiedene Menschen kennenzulernen.« Die alte Dame zwinkerte und blickte zu Maries Vater und Tessa, die gerade das Haupthaus betraten. »Ihr gehört wohl zu dem Schauspieler Helmut Grevenbroich und seiner Frau, die hier übernachten werden?«

Marie nickte. »Das ist mein Vater. Meine Freundinnen und ich haben Statistenrollen bei einem Dreh für eine Vorabendserie.«

»Wie spannend!«, rief die Nonne. »Etwa für die *Vorstadtwache*?«

»Sie kennen die Serie?«, fragte Marie überrascht.

»Ich liebe sie!«, rief die alte Dame. »Seit Daniel Reiser hier für ein stabiles Internet gesorgt hat, kann ich alle Folgen in Ruhe im Netz spätnachts ansehen.«

Glockengeläut setzte ein und die Nonne zuckte zusammen. »Jetzt muss ich mich aber beeilen, das Nachmittagsgebet beginnt.« Sie winkte den Mädchen zu und raffte ihr schwarzes

Gewand. »Besucht mich doch einmal im Klosterladen. Wir haben ausgezeichnete Schoggi und Zückerli.«

Kim nickte begeistert. »Das machen wir bestimmt.«

»Fein! Ich bin übrigens Schwester Aloisia.« Mit flatterndem Nonnenschleier eilte sie davon.

»Das ist ja toll«, stellte Kim fest. »Eine Nonne, die die *Vorstadtwache* guckt. Marie, das musst du deinem Vater erzählen!«

»Unbedingt«, stimmte Franzi zu und grinste. »Lasst und endlich reingehen.« Sie deutete zum Haupthaus, einem hellgelb gestrichenen Gebäudetrakt mit einem modern gestalteten Eingangsbereich aus Glas und Chrom. »Da sollten wir jetzt auch mal hin.«

»Das sieht ja schön aus«, stellte Marie fest, als sie das Gebäude betraten.

Wände und Decke waren in strahlendem Weiß getüncht, und das Holz der Tragebalken glänzte honigfarben im Licht der Sonne, das durch bodentiefe Fenster fiel. Sie durchquerten einen Raum mit einer Gewölbedecke. Er war mit einem hohen Bücherregal, einem Tischkicker, einer gemütlichen Sofaecke und mehreren Tischen und Stühlen eingerichtet und diente offenbar als Aufenthaltsraum für die Gäste. Im angrenzenden Raum befand sich eine große Küche. Die drei Freundinnen sahen hinein. Vor einem Küchenschrank mit gedrechselten Beinen standen Maries Vater und Tessa und unterhielten sich mit einem Mann mit halblangen dunklen Haaren und einer Frau, die ihr dunkelblondes Haar zu einem Pferdeschwanz gebunden hatte. Ihr linker Arm steckte in einem bunten Schlingentuch.

Tessa bemerkte die Mädchen als Erste. »Da seid ihr ja!« Sie stellte Kim, Franzi und Marie vor.
»Schwester Aloisia hat uns schon von Ihnen und Ihrem Arbeitsnest erzählt«, sagte Marie, während sie Daniel Reiser die Hand schüttelte.
Der Mann nickte. »Bitte sagt doch einfach du zu uns!« Er lächelte. »Ich habe mir mit diesem Projekt einen Lebenstraum erfüllt. Ich liebe die Berge und ihre kraftvolle Energie. Hier an diesem Ort Arbeit und Freizeit so eng miteinander verbinden zu können, ist einfach wunderbar. Das wollte ich anderen Menschen auch ermöglichen.« Er legte den Arm um die junge Frau. »Meine Verlobte Laura hilft mir seit einigen Monaten. Wir wollen noch einen weiteren Trakt hinzukaufen und das Arbeitsnest erweitern.«
»Das ist wirklich ein wunderbarer Ort«, sagte Maries Vater. »Ich hätte Lust, unseren Regisseur anzurufen. Er soll sich das Kloster mal ansehen. Wir könnten es in einer Szene beim aktuellen Dreh einbauen.«
Daniel nickte zufrieden. »Es gibt einen sehr schönen Kreuzgang, den zeige ich euch gerne.« Er sah Laura an. »Es wäre toll, wenn St. Annaberg als Filmkulisse dienen würde. So eine Werbung bekommen wir nicht alle Tage!«
»Stimmt.« Laura sah auf ihre Armbanduhr. »Ich muss leider los, ich habe einen Termin beim Arzt. Hoffentlich dauert es nicht wieder so lange.« Sie gab Daniel einen Kuss, verabschiedete sich mit einem Winken in die Runde und eilte hinaus.
»Laura ist beim Joggen gestürzt und hat sich an der Schulter

verletzt«, erklärte Daniel. »Das war eine wirklich unglückliche Geschichte. Ich hoffe sehr, dass es ihr bald wieder besser geht.« Er sah auf die Uhr. »Die beiden Studios müssten jetzt bezugsfertig sein. Ich zeige sie euch!«

»Sehr gut«, sagte Maries Vater. »Ich sollte dringend in Ruhe noch etwas Text für morgen lernen.«

Sie folgten Daniel durch einen holzgetäfelten Flur, der zu einem anderen Gebäudetrakt führte. »Das hier war früher der Speisesaal«, erzählte er, während sie durch einen weiteren breiten Gang liefen. Rechts von ihnen befanden sich die Türen zu den Zimmern. »In St. Annaberg haben in der Vergangenheit fast hundert Schwestern gelebt. Ich habe den großen Speisetrakt mit Zwischenwänden versehen lassen und zu zwanzig Studios für zwei bis vier Gäste umbauen lassen. Jedes hat eine eigene Terrasse mit Zutritt zum Garten!«

Die vorletzte Tür im Gang öffnete sich und eine ungefähr dreißigjährige Frau in Jeans und kariertem Hemd kam heraus. Sie schob einen Rollwagen mit Handtüchern, Bettwäsche und Putzutensilien vor sich her und winkte ihnen zu. »Ich bin gerade fertig geworden!«

»Super, danke!« Daniel winkte zurück »Das ist übrigens Nelli Wyler. Unsere gute Seele im Arbeitsnest. Ich weiß nicht, was ich ohne sie machen würde!«

Die Frau pustete sich eine Strähne ihrer roten gelockten Haare aus der Stirn. »Jetzt übertreib nicht, Daniel.« Sie lächelte, wobei zwei Grübchen neben ihren Mundwinkeln erschienen. »Herzlich willkommen!«, sagte sie zu Tessa, Helmut und den

Mädchen. Dann wandte sie sich wieder an Daniel. »Es ist so herrliches Wetter. Ich mache noch eine kleine Tour zu den Bergkristall-Klüften. Die Kinder haben Nachmittagsschule und kommen erst später hierher.« Sie schob den Wagen weiter. »Ich bin rechtzeitig zurück, um das Abendessen vorzubereiten, versprochen!«

Daniel nickte. »Klar, kein Problem.« Er überlegte kurz, dann erschien ein unternehmungslustiges Lächeln in seinem Gesicht. »Ich könnte jetzt auch etwas frische Bergluft vertragen. Nimmst du mich mit?«

Nelli lachte. »Sicher! In einer halben Stunde ist Abmarsch.«

Marie war hellhörig geworden. »Entschuldigung«, sagte sie und sah Nelli fragend an. »Gibt es hier wirklich Kristalle in den Bergen?«

»Aber ja! In den Schweizer Alpen gibt es große Vorkommen von Bergkristall. Ich bin schon als Kind mit meinem Vater auf die Suche gegangen und habe viele schöne Stücke gefunden.« Nellis Augen begannen zu leuchten. »Es ist jedes Mal ein unglaubliches Gefühl, wenn du einen Kristall freilegst, der über Jahrtausende tief im Felsen gewachsen ist, und er dann zum ersten Mal im Sonnenlicht glitzert!«

»Das klingt spannend«, sagte Marie. »Ich würde so etwas gerne mal sehen.«

Kim und Franzi stimmten sofort zu.

»Wenn ihr Lust habt, kommt doch gleich mit«, antwortete Nelli. »Habt ihr festes Schuhwerk dabei?«

Die Mädchen nickten.

»Dann ist alles klar, oder?« Nelli schob gut gelaunt ihren Wagen weiter. »Wir treffen uns in einer halben Stunde beim Tor hinter dem Steinhäuschen ganz hinten im Garten.«

»Fantastisch!«, jubelte Franzi. »Ich hätte nicht gedacht, dass wir so schnell zu einer Bergtour kommen!«

»Wir Schweizer sind eben gar nicht so langsam, wie man immer sagt.« Daniel lachte. »Ich zeige euch jetzt die beiden Studios. Dann könnt ihr euer Gepäck holen und euch umziehen.«

»Und bitte die Schutzhelme nicht vergessen!«, rief Nelli. »Sie liegen im Regal im Aufenthaltsraum.«

Das ist eine Gemeinheit!

Eine halbe Stunde später saßen Marie, Kim und Franzi mit ihren Rucksäcken, geschnürten Bergschuhen und den Helmen in den Händen auf dem Mäuerchen, das den hinteren Teil des Gartens abgrenzte. Dahinter stieg das Gelände schnell steil an und schroffe Felsen durchzogen die sattgrünen Almwiesen. Weiter oben waren nur noch vereinzelte grüne und graue Flächen zu sehen, dafür glitzerten dort riesige Schnee- und Eisfelder in der Nachmittagssonne.

Franzi sah sehnsüchtig in die Ferne.

Kim wuschelte sich durch ihre kurzen braunen Haare. »Hoffentlich wird die Tour nicht so anstrengend. Ich bin nicht gerade in der besten Trainingsverfassung.«

Marie stupste sie in die Seite. »Das bist du doch nie, du Sportmuffel!«

»Meine Vorlieben sind eben eher Lesen und Schokoladeessen.«

»Das kannst du ja heute Abend gut machen«, meinte Franzi. »Wir kaufen nachher im Klosterladen ein paar Tafeln leckere Schweizer Schokolade für dich.«

»Au ja!«, rief Kim. »Ich freue mich schon drauf, mich in unserem gemütlichen Studio in mein Bett zu legen und zu lesen.«
Marie nickte zustimmend. Sie blinzelte in den wolkenlosen Himmel und dachte an das moderne Wellnessbad in ihrem Zimmer. Sie konnte es kaum erwarten, eine ausgiebige Dusche im Regenschauermodus zu nehmen. Im nächsten Moment vibrierte ihr Handy. Holger hatte eine Nachricht geschickt. Marie öffnete sie und ein Foto mit den grinsenden Gesichtern von ihrem Freund und Jakob erschien. Darunter stand:

Liebste Grüße von Holger und Lilo ☺

Zuerst musste Marie lachen. Doch dann stieg ein trauriges Gefühl in ihr hoch. Sie hasste ihre Eifersuchtsanfälle! Sie wollte Holger doch so sehr vertrauen! Aber es gelang ihr einfach nicht. Und Holger schien das alles nur lustig zu finden. Marie seufzte und beschloss, erst mal nicht zu antworten.
Franzi sah sie fragend an.
»Alles in Ordnung«, sagte Marie und verstaute ihr Handy im Rucksack. Sie hatte jetzt einfach keine Lust, ihrer Freundin zu erklären, was ihr im Kopf herumging.
Franzi runzelte die Stirn. Sie setzte zum Sprechen an, wurde jedoch von Nelli und Daniel abgelenkt, die gerade auf sie zuliefen.
»Da seid ihr ja schon, prima!«, rief Nelli. Sie hatte einen großen Rucksack geschultert. »Dann kann es gleich losgehen.«
Marie strich sich das Haar aus dem Gesicht, setzte den Helm auf und schloss den Kinngurt.

Daniel zog das Tor auf und lief, dicht gefolgt von Franzi, mit federnden Schritten los.
»Wie weit ist es denn?«, erkundigte sich Kim bei Nelli.
Nelli lächelte ihr ermutigend zu. »Bis zu den ersten Kristall-Spalten braucht man eine gute halbe Stunde. Auf den letzten Metern ist es ein bisschen steil, aber das schaffst du locker!«
Kim nickte. »Okay.«
Sie setzten sich in Bewegung und hatten bald Franzi und Daniel eingeholt.
Marie hörte Franzi erzählen: »Meine Schwester hat gesagt, dass die Gletscher wegen des Klimawandels angefangen haben zu schmelzen.« Ihre Freundin deutete auf eine der bläulich schimmernden Eisformationen über ihnen. »Stimmt es, dass es die bald nicht mehr geben wird?«
Daniel nickte. »Die Klimaerwärmung lässt die Eismassen in den letzten Jahrzehnten immer schneller schmelzen. Letztes Jahr wurde hier der erste Gletscher mit einer Trauerfeier verabschiedet.«
»Das ist ja heftig!«, rief Marie.
Nelli schaltete sich ein. »Ja, es ist sehr traurig. Und gefährlich. Wir alle müssen dringend daran arbeiten, weniger Energie zu verbrauchen, damit sich die Erde nicht so schnell erwärmt! Das Eis der Gletscher hält die Felsen zusammen. Wenn es wegschmilzt, kann es zu schweren Geröll-Abgängen kommen.« Sie verzog den Mund. »Es gibt allerdings einen positiven Nebeneffekt für uns Kristall-Sucher.«

Kim blieb stehen. »Und welcher ist das?«
»Dadurch, dass sich das Eis weiter zurückzieht, werden immer mehr Gesteinsspalten sichtbar, die vorher darunter verborgen waren.« Nelli zuckte mit den Schultern. »Und in diesen Spalten oder auch *Klüften*, wie wir sagen, findet man die Mineralien. Das heißt, ich habe in der letzten Zeit wesentlich mehr Bergkristalle ausgraben können als in den Jahren zuvor.«
Daniel lachte. »Aber nicht nur das!«
»Stimmt.« Nelli lächelte. »Stellt euch vor: Vor einigen Wochen habe ich ein kleines altes Kreuz aus Silber gefunden. Ich habe es dem Archäologen vom Bergmuseum übergeben und er meinte, dass es über ein Jahrhundert im Eis eingefroren war. Wahrscheinlich hat es damals ein Bergsteiger verloren und es wurde eingeschneit.«
»Das ist ja faszinierend!«, rief Kim.
»Absolut«, stimmte ihr Nelli zu. »Ähnliche Funde gab es in den letzten Jahrzehnten immer mal wieder und sie werden sich in der nächsten Zeit häufen. Mittlerweile gibt es Altertumsforscher, die sich ausschließlich mit Fundstücken aus den Gletschern beschäftigen.«
Kim zupfte aufgeregt am Gurt ihres Helms. »Wer weiß, vielleicht finden wir jetzt auch gleich etwas?«
»Dann sollten wir jetzt mal schleunigst weitergehen«, schlug Franzi vor.
Sie setzten sich wieder in Bewegung. Der Pfad, auf dem sie liefen, wurde schmaler und stieg zusehends steiler an. Schon nach kurzer Zeit konnte Marie das Kloster und den Garten von oben

sehen. Der Trakt, den Daniel umgebaut hatte, leuchtete inmitten des grünen Gartens.
»Wir haben es gleich geschafft!«, rief Nelli über die Schulter zurück. Sie hatte sich mit Franzi an die Spitze gesetzt, während Daniel mit Kim die Nachhut bildete.
Marie winkte ihrer Freundin zu, die sich mit hochroten Wangen tapfer vorwärtskämpfte.
Plötzlich erklang ein spitzer Aufschrei. Marie sah erschrocken nach oben. Franzi und Nelli standen vor einer Felsspalte. Nelli deutete verärgert auf den Boden.
»Was ist los?«, rief Daniel ihnen zu.
Nelli stemmte die Arme in die Seiten. »Da war schon wieder jemand an meiner Kluft!«
Marie beeilte sich, weiterzuklettern. Keuchend kam sie bei Franzi und Nelli an.
»Ich habe vor ein paar Tagen einige große und schöne Kristalle geborgen. Zwei davon musste ich vor der Höhle zurücklassen, weil ich nicht so viel tragen konnte. Ich wollte sie heute mitnehmen.« Nelli setzte ihren Rucksack ab und holte eine Taschenlampe daraus hervor. »Aber die Stücke sind weg. Das ist eine Gemeinheit! Und völlig gegen die Strahler-Ehre!« Sie bemerkte die verwirrten Blicke von Marie und Franzi und erklärte: »Leute, die Bergkristalle suchen, werden auch *Strahler* genannt. Das ist abgeleitet von dem alten Wort *Strahl* für Kristall.« Nelli bückte sich und hob einen Kristallsplitter auf, der vor der Felsspalte lag. Im Sonnenlicht fing er sofort an zu glitzern und helle Strahlen auszusenden. Sie seufzte. »Es ist ein

ungeschriebenes Gesetz, dass die Kluft, die ein Strahler entdeckt hat, nur von ihm bearbeitet wird. Kein anderer darf sich daran zu schaffen machen.« Sie deutete auf zwei in den Felsen geritzte Buchstaben und einige Ziffern. »Wir markieren die Klüfte mit unserem Namenskürzel, dem Datum der Entdeckung und der Nummer unserer Strahler-Erlaubnis, die man beim Amt für eine Gebühr beantragen muss. So ist die Sachlage klar.«

Daniel und Kim kletterten die letzten Meter zu ihnen hoch und blieben schnaufend stehen. Nelli kniete sich vor die Kluft und leuchtete mit der Lampe hinein. »Ich habe vor ein paar Tagen schon mal das Gefühl gehabt, dass jemand hier war und Steine ausgebrochen hat. Jetzt bin ich sicher: Hier klopft jemand völlig Unerfahrenes herum und richtet Schaden an!« Sie begann, die kleinen Kristallsplitter, die im Eingangsbereich lagen, einzusammeln. »Das ist sehr ärgerlich. Ich verkaufe regelmäßig Kristalle an den kleinen Mineralien-Laden unten im Dorf, um etwas hinzuzuverdienen. Da waren ein paar wirklich schöne Exemplare dabei. Für die hätte ich einige Franken bekommen.«

Daniel runzelte die Stirn und fing an, ebenfalls Bruchstücke von Kristallen einzusammeln. »Das ist echt eine Frechheit!«, murmelte er.

»Passt bitte auf!«, rief Kim. »Vielleicht hat der Klüfte-Plünderer Spuren hinterlassen. Wir sollten danach suchen, bevor ihr aus Versehen welche zerstört.«

Franzi nickte sofort. »Fußabdrücke sind wahrscheinlich nicht

vorhanden, das Gestein ist hart und trocken, da zeichnet sich nichts ab. Aber an den Kristallsplittern könnten Fingerabdrücke haften.«
»Und womöglich hat der Täter oder die Täterin etwas verloren, das uns auf seine oder ihre Spur bringt«, ergänzte Marie. »Vielleicht finden wir Fasern, Haare, eine Kontaktlinse oder einen abgerissenen Knopf, alles könnte wichtig sein.« Sie näherte sich vorsichtig der Kluft. »Außerdem wäre eine dauerhafte Überwachung gut. Man könnte eine Kamera mit Bewegungsauslöser verstecken.«
»Das finde ich sehr gut«, sagte Kim. Sie sah Daniel und Nelli an. »Habt ihr Zugang zu einer Wildkamera?«
Daniel und Nelli starrten die Mädchen einen Moment mit offenen Mündern an. Dann fand Nelli die Sprache wieder. »Meine Freundin ist Försterin, sie hat bestimmt so etwas.« Sie räusperte sich. »Das mit der Kamera ist eine super Idee. Und auch die anderen Maßnahmen sind clever. Ihr seid ja richtig detektivisch veranlagt!«
Kim straffte die Schultern. »Das sind wir! Unser Detektivclub nennt sich übrigens *Die drei !!!* und wir haben bereits zahlreiche Fälle in Deutschland und im Ausland gelöst!«
Nelli machte große Augen.
»Wir kümmern uns gerne um den Klüfte-Plünderer«, sagte Marie. Sie setzte ihren Rucksack ab und und zog das silberne Etui mit den Visitenkarten des Clubs aus einer Seitentasche hervor. Lächelnd überreichte sie Nelli eine Karte.
Die junge Frau nahm sie beeindruckt entgegen und las:

Schließlich schob Nelli die Karte in ihre Hosentasche. »Es wäre toll, wenn ihr mir helfen könntet!«

Das Wunder von St. Anna

»Jetzt brauche ich dringend etwas Süßes«, murmelte Kim, als sie zwei Stunden später wieder beim Kloster angelangt waren.
»Wir gehen gleich in den Klosterladen«, versprach Marie. Sie klopfte ihrer Freundin auf die Schulter. »Respekt! Du hast dich tapfer geschlagen.«
»Das stimmt.« Nelli schloss das Tor in der Mauer und lächelte die Mädchen an. »Und die Idee mit der Wildkamera war auch toll. Ich kümmere mich gleich darum.«
»Super«, sagte Kim. »Wir prüfen dann noch, ob auf den Kristallsplittern Fingerabdrücke haften.« Sie seufzte. »Schade, dass wir sonst keine Spuren gefunden haben.«
Franzi zuckte mit den Schultern. »Bestimmt haben wir bald ein Foto vom Dieb!«
»Ich bin sehr gespannt!«, rief Nelli. »Jetzt muss ich aber schnell den Käse für das Fondue heute Abend besorgen. Wir sehen uns nachher.« Sie winkte und machte sich auf den Weg.
»Ich verabschiede mich auch«, sagte Daniel. » Es gibt noch ein paar Sachen im Büro zu erledigen. Wenn ihr zum Klosterladen

wollt, könnt ihr über den Hof hinter unserer Küche gehen. Der Kreuzgang schließt daran an und führt zum alten Klosterkomplex. Der Laden ist direkt neben der Kirche.«

Die Mädchen bedankten sich und liefen los.

Sie fanden den kleinen Klosterladen auf Anhieb. Schwester Aloisia saß hinter einem Tresen, auf dem Körbchen mit kleinen Heiligenbildern, Kreuzanhängern in verschiedenen Größen und Ausführungen und Rosenkranz-Ketten standen, und las in einem Buch. Als sie die drei !!! bemerkte, legte sie es zur Seite und lächelte herzlich. »Schön, dass ihr gekommen seid!« Sie stand auf. »Ich halte immer gerne einen kleinen Schwatz.«

Kim sah interessiert zu dem Buch. *»Tod auf dem Nil«*, sagte sie. »Das ist einer meiner Lieblingskrimis von Agatha Christie.«

Die Nonne nickte. »Ich lese ihn jetzt schon zum dritten Mal!«

»Es ist wirklich toll«, stimmte Kim zu. Dann sah sie zu dem Standregal neben dem Tresen, das mit Schokoladentafeln und durchsichtigen Tütchen mit grünen und rosafarbenen Bonbons gefüllt war. »Ich glaube, ich muss unbedingt zwei Tafeln von dieser *Klosterschmelz Schoggi* und ein paar *Rosenzückerli* kaufen.«

Schwester Aloisa nickte. Während sie die Schokotafeln und eine der mit rosafarbenen Schleifen verzierten Bonbontüten aus dem Regal nahm, sagte sie: »Wir stellen alle Süßigkeiten in unserer Klosterküche selber her. Sie schmecken wirklich vorzüglich.«

Kim kramte ihren Geldbeutel hervor. »Ich freue mich schon darauf!«

»Für Gäste des Arbeitsnestes gibt es bei uns natürlich einen Sonderpreis«, sagte Schwester Aloisia und tippte auf der altmodischen Registrierkasse.

Während Kim bezahlte, sah Marie sich die Postkarten in einem Drehständer an. Darauf waren Panoramabilder der Berge, das Kloster bei Sonnenaufgang und Heiligenstatuen in der Kirche zu sehen. Eine Figur zog Maries Blick besonders an. Es war eine Frauenstatue aus weißem Marmor, deren fein geschnittenes Gesicht einen heiteren Ausdruck hatte. Sie deutete mit einer Hand auf ihren Oberkörper, auf dem sich ein großes Herz aus Kristall befand.

»Du hast unsere heilige Anna entdeckt«, stellte Schwester Aloisia fest. »Sie ist die Namensgeberin des Klosters. In früheren Zeiten sind viele Leute zu ihrer Statue gepilgert, um ihren Beistand zu erbitten.« Die Nonne zwinkerte. »St. Anna soll helfen, Beziehungsfragen zu klären. Manche Menschen sagen sogar, dass sie mit ihrem Herz aus Bergkristall Liebeswunder vollbringen kann und Schwierigkeiten, die es in Beziehungen gibt, verschwinden lässt. Man soll dazu die Hand in die Strahlen halten, die von dem Kristall ausgehen, wenn Licht darauffällt.«

»Das klingt schön«, sagte Marie leise. Sie dachte an Holger und ihre Eifersucht, und ihr Herz zog sich zusammen.

Die Nonne verpackte die Süßigkeiten in einer Papiertasche und reichte sie Kim. Dann sah sie Marie an. »Soll ich euch die heilige Anna zeigen? Sie steht nebenan in der kleinen Kapelle.«

Marie nickte. »Sehr gerne!« Sie sah ihre Freundinnen an. »Kommt ihr mit?«

»Klar«, sagte Franzi sofort. »Ich glaube zwar nicht an Wunder. Aber es sieht bestimmt schön aus, wenn der Kristall leuchtet.«

Kim nickte schweigend. Sie zog eine Schokoladentafel aus der Tüte und riss das Papier auf. »Ich brauche aber zuerst etwas Süßes.« Sie hielt Marie und Franzi die Tafel hin und die beiden brachen sich je einen Riegel ab. Kim nahm sich ein Stück und steckte es in den Mund. »Köstlich!«, nuschelte sie und ließ die angebrochene Schokoladentafel zufrieden in die Tüte zurückgleiten.

»Hallo!«, hörten sie plötzlich eine helle Stimme von der Tür. »Das mit der Heiligenfigur wusste ich ja gar nicht!«

Überrascht dreht sich Marie um. In der Ladentür standen ein ungefähr zwölfjähriges Mädchen und ein etwas jüngerer Junge. Beide hatten halblanges rotblondes Haar und jede Menge Sommersprossen im Gesicht.

»Jana, Niklas, hallo, ihr beiden!«, begrüßte Schwester Aloisia die Kinder.

»Dürfen wir uns auch die Wunderfigur angucken?«, fragte der Junge mit großen Augen.

»Natürlich! Das ist ja ein Ding, dass ich euch noch nie von ihr erzählt habe.« Die Nonne wandte sich zu den drei !!!. »Das sind die Kinder von Nelli Wyler, die im Arbeitsnest für Daniel Reiser arbeitet. Sie kommen nach der Schule manchmal hier vorbei und wir unterhalten uns.«

Marie winkte den beiden zu. »Schön, euch kennenzulernen. Sie stellte sich und ihre Freundinnen vor.

»Eure Mutter haben wir auch schon getroffen«, sagte Franzi. »Sie war mit uns in den Bergen bei den Kristall-Klüften.«
Niklas nickte. »Mama ist die beste Kristalle-Finderin, die es gibt!«
»Können wir jetzt zur heiligen Anna gehen?«, fragte Jana ungeduldig. »Es gibt bald Abendessen.«
Schwester Aloisia nickte. »Kommt!«

Das Licht der Abendsonne fiel durch die bunten Mosaikscheiben der kleinen Kapelle und zauberte farbige Kringel auf den Boden und die Gebetsbänke rechts und links an den Wänden.
»Da ist sie«, sagte Schwester Aloisia leise und trat ein. Die drei !!!, Jana und Niklas folgten ihr schweigend.
Die Heiligenfigur stand in einer mit Rosenblüten und brennenden Kerzen geschmückten Wandnische. Sie war kleiner, als Marie angenommen hatte, aber ihre Ausstrahlung war enorm. Das Kristallherz auf ihrer Brust reflektierte das Kerzenlicht und schien von innen heraus zu glühen. Helle Strahlen tanzten durch den Raum.
»Schön«, flüsterte Jana.
Schweigend trat Marie näher. Einer der Lichtstrahlen huschte über ihre Hand. Sie meinte, ein zartes Kribbeln zu spüren, und dachte fest an Holger.
Glockengeläut setzte ein und riss Marie abrupt aus ihren Gedanken. Sie blinzelte verwirrt.
Schwester Aloisia räusperte sich. »Das ist der Ruf zum Abendgebet. Es tut mir leid, aber wir müssen gehen. Ich darf euch

nicht alleine hierlassen, sonst bekomme ich Ärger mit Oberschwester Benedikta.« Die Nonne wirkte nervös. »Meine Mitschwestern werden gleich auf dem Weg zur Kirche hier vorbeikommen.«

Marie nickte. Sie hielt noch einmal ihre Hand in einen der Lichtstrahlen und folgte dann den anderen hinaus. »Vielen Dank!«, rief sie Schwester Aloisia hinterher, die auf vier Nonnen zueilte, die gerade am Klosterladen vorbeimarschierten. Aloisia winkte zurück und schloss sich schnell ihren Mitschwestern an.

»Die heilige Anna ist toll«, stellte Niklas fest.

»Finde ich auch«, murmelte Marie.

Jana steckte die Hände in die Taschen ihrer Jeans und kickte ein Steinchen zur Seite. »Glaubst du an das Wunder?«

»Ich bin nicht sicher.« Marie zuckte mit den Schultern. »Aber ich möchte gerne daran glauben.«

Das Mädchen strahlte sie an. »Ich auch.«

»Komm, das müssen wir Mama erzählen!«, rief Niklas und zog seine Schwester mit sich fort.

»Bis nachher beim Abendessen«, rief Jana eilig über die Schulter zurück.

Franzi stupste Marie leicht an. »Die Heiligenfigur ist wunderschön. Aber ich finde, dass man gar keine Wunder braucht, um Probleme zu lösen. Manchmal reicht es, wenn man mit den Menschen redet.«

Marie zögerte. »Ja, vielleicht. Und jetzt will ich an etwas anderes denken!«

Kim räusperte sich. »Wir können uns vor dem Abendessen die Kristallsplitter ansehen. Ich habe das Fingerabdruck-Set in meiner Reisetasche.«

»Gute Idee«, sagte Marie. »Lasst uns das gleich machen.«

Sie liefen an der Kirche vorbei, aus der leise der Gesang der Nonnen drang, und steuerten auf den alten Kreuzgang zu. Die Sonne stand bereits tief und die Säulen warfen lange Schatten auf den Mosaikboden. Ein kühler Windhauch zog durch den Gang. Er ließ die Blätter der Pflanzen in den Mauerritzen rascheln. Marie horchte auf. Weiter vorne waren Stimmen zu hören.

»Ich glaube, dein Vater und Daniel sind da vorne«, sagte Kim im selben Moment.

Marie nickte. »Sie wollten sich doch den Kreuzgang ansehen.«

Als sie um die Ecke bogen, trafen sie tatsächlich auf die beiden Männer. Tessa und Tom, der Regisseur, waren bei ihnen. Der hochgewachsene, hagere Mann machte ein ernstes Gesicht. Er hielt einen flachen, dunklen Gegenstand in der Hand.

Daniel schüttelte den Kopf. »Ich verstehe nicht, wie das passieren konnte.«

Die Detektivinnen wechselten einen beunruhigten Blick. Sie liefen zu den Erwachsenen.

»Was ist denn los?«, wollte Marie wissen.

»Hallo, ihr drei«, sagte Tessa. »Es gab eben eine kleine Überraschung.«

»Wir haben uns den hinteren Teil des Kreuzgangs angesehen«, erklärte Maries Vater. »Dort gibt es einen Abgang zu einer Gruft. Es ist ein wunderbar atmosphärischer Ort. Leider scheint das Gebäude aber etwas marode zu sein. Genau in dem Moment, als wir hinlaufen wollten, hat sich ein Klinker gelöst und ist herabgefallen.«

Tom zeigte kurz die schiefergraue Scherbe, die er in der Hand hielt, und legte sie auf dem Boden ab.

Tessa strich sich eine Strähne ihrer kurzen dunkelbraunen Haare hinters Ohr. »Zum Glück waren wir noch ein ganzes Stück entfernt. Das hätte böse ausgehen können.«

Daniel biss sich auf die Lippe. »Es tut mir sehr leid! Wie gesagt, wir hatten letztes Jahr erst Besuch von einem Baugutachter. Er hat diesen Trakt für renovierungsbedürftig gehalten, aber keineswegs für baufällig und gefährlich.«

»Das mag sein.« Tom betrachtete die Klinkerscherbe am Boden. »So schön diese Location für eine Filmszene wäre, ich nehme davon Abstand. Ich möchte mein Team keiner Gefahr aussetzen.«

»Natürlich.« Daniel seufzte. »Das kann ich verstehen.«

Franzi lief vorsichtig ein Stück vor.

»Stopp, bitte geh nicht weiter!«, rief Tessa.

»Ich wollte mir das nur mal kurz genauer ansehen«, erwiderte Franzi. Sie zögerte.

Tessa schüttelte den Kopf. »Womöglich lösen sich noch weitere Steine. Außerdem wächst da vorne Seidelbast. Wenn man mit der Pflanze in Berührung kommt, kann das zu einem heftigen Hautausschlag führen.«

Daniel horchte auf. »Das wusste ich nicht. Ich werde mit den Schwestern reden. Wir lassen die Pflanzen natürlich entfernen.«

Er sah Tom an. »Bitte entschuldigen Sie die Unannehmlichkeiten! Darf ich Sie zum Abendessen bei uns im Arbeitsnest einladen? Es gibt Käsefondue nach einem hervorragenden Rezept, das meine Angestellte von ihrer Großmutter hat.«

Tom nickte. »Sehr gerne. Vielen Dank.«

Schimmelgrün

»Schade, dass es mit einem Dreh im Kreuzgang nicht klappt«, sagte Marie, während sie mit Kim und Franzi hinter den Erwachsenen zurück zum Arbeitsnest lief. »Die Location sieht echt toll aus.«

Kim zuckte mit den Schultern. »Aber ich würde an Toms Stelle auch nicht die Verantwortung bei einem Filmdreh übernehmen wollen.«

»Das stimmt.« Franzi blieb stehen und betrachtete die Klinkersteine an der Wand neben ihr. »Die sehen zwar rissig aus, aber ich kann keinen Stein sehen, der wirklich locker ist. Das vorhin muss ein richtig blöder Zufall gewesen sein. Schade, ich hätte mir die Stelle gerne genauer angesehen.«

Kim blieb stehen und zupfte nachdenklich an ihrer Lippe. »Irgendwie habe ich ein seltsames Gefühl.«

Marie sah sie ernst an. »Du denkst, dass das kein Zufall war?«

»Keine Ahnung.« Kim grinste schief. »Ist wahrscheinlich eine alte Detektivkrankheit.«

Sie liefen weiter und erreichten den Durchgang zum Hinterhof.

Franzi reckte den Hals. »Was ist denn jetzt schon wieder los?«
Marie blickte überrascht nach vorne. Durch die offene Tür waren die Erwachsenen in der Küche zu sehen. Sie standen mit Nelli und deren Kindern zusammen vor dem gusseisernen Herd und schienen zu diskutieren.
Die drei !!! betraten die Küche.
Nelli zupfte nervös an dem Tuch, mit dem sie ihre roten Locken zurückgebunden hatte. »Wie kann so etwas passieren?«
Marie lugte zwischen ihrem Vater und Tessa zum Herd. Ein großer Kessel stand darauf. In ihm befand sich eine dampfende, zähflüssige Masse, die schimmelgrün verfärbt war. Marie rümpfte die Nase. Dieses Käsefondue sah extrem ungesund aus.
»Das kann ich unseren Gästen nicht servieren«, klagte Nelli. »Dabei habe ich frischen Käse gekauft und genau nach Rezept gearbeitet. Während das Fondue auf dem Herd war, bin ich kurz in die Speisekammer gegangen. Als ich zurückkam, hatte es sich plötzlich verfärbt.« Sie runzelte die Stirn. »Ich habe davon gekostet. Es schmeckt scheußlich! Und es riecht mehr als merkwürdig.«
Marie schnupperte vorsichtig an der Masse. »Ist das Pfefferminze?«
»Vielleicht.« Nelli sah skeptisch drein. »Aber, wie … wieso«, stotterte sie. »Ich verstehe das nicht.«
Kim kniff die Augen zusammen und sah auf den Boden neben dem Herd. »Entschuldigung«, sagte sie zu Jana. »Darf ich da mal kurz durch?«
Das Mädchen sah Kim erstaunt an und wich zur Seite.

Kim bückte sich. Als sie sich wieder aufrichtete, hatte sie eine schmale grüne Schleife in der Hand. »Die lag zwischen Herd und Anrichte.«

»Eigenartig.« Nelli machte ein ratloses Gesicht. »Ich habe heute Mittag erst gewischt, da war diese Schleife nicht da.«

»Grüne Farbe, Pfefferminzgeruch, grünes Schleifchen«, zählte Kim auf. »Ich habe den Verdacht …«

»Dass jemand Kräuterbonbons aus dem Klosterladen ins Fondue gemischt hat«, beendete Marie den Satz.

»Genau.« Kim runzelte die Stirn.

»Aber wer tut so etwas?«, rief Niklas.

Jana verzog den Mund. »Unsere Mama macht das beste Käsefondue von der Welt«, sagte sie. »Ich habe mich so darauf gefreut. Und jetzt ist es hinüber!«

Marie sah nachdenklich zu den Kindern. Im ersten Moment hatte sie angenommen, Jana und Niklas hätten einen Streich gespielt. Aber in ihren Gesichtern stand so viel Empörung, dass Marie den Verdacht sofort verwarf.

»Hatten da etwa die Nonnen ihre Finger im Spiel?«, raunte Franzi Marie zu.

»Wie kommst du denn darauf?«, fragte Marie überrascht.

»Schwester Aloisia hat doch erzählt, dass ihre Mitschwestern sich durch die Gäste vom Arbeitsnest gestört fühlen. Vorhin der Klinker im Kreuzgang, jetzt ein verdorbenes Käsefondue; vielleicht wollen die Nonnen Daniels neue Gäste vergraulen?«

Marie runzelte die Stirn. »Das wäre aber eine heftige Reaktion. Das kann ich mir nicht vorstellen.«

»Wer weiß?«, beharrte Franzi.
»Es gibt bestimmt noch weitere Gäste hier«, warf Kim ein. »Die sollten wir nachher mal unter die Lupe nehmen.«
Daniel sah niedergeschlagen in die Runde. »Das ist heute einfach nicht mein Tag.«
Nelli straffte die Schultern. »Wie auch immer. Ich schlage vor, wir ziehen den Grillabend vor, den ich für morgen geplant hatte. Ich habe Bratwürstchen, Kartoffeln und Gemüse da.«
»Das ist eine gute Idee«, sagte Daniel.
Jana klatschte in die Hände. »Wenn alle mithelfen, können wir bald etwas essen!«
Nelli strich ihr über die Haare. »Aber unsere Gäste sollen doch nicht arbeiten müssen.«
»Natürlich helfen wir«, sagte Tessa sofort. »Das ist schließlich eine Ausnahmesituation.«
»Das sehe ich genauso«, sagte Maries Vater.
Die drei !!! und Tom stimmten ebenfalls sofort zu.
Daniel lächelte. »Das ist wirklich sehr nett!«
»Ja! Tausend Dank!« Nelli nickte. »Ich hole schnell die Sachen.«
»Und ich bereite die Grillstelle vor.« Daniel stieß sich von der Anrichte ab und lief zur Tür, die in den angrenzenden Aufenthaltsraum führte. »Den anderen Gästen sage ich auch gleich Bescheid.«

Eine Stunde später saß Marie zwischen Kim und Franzi an dem großen Steintisch unweit der Grillstelle. Bratwürstchen, Ge-

müsespieße und in Folie eingewickelte Kartoffeln brieten auf dem großen Rost und verbreiteten einen köstlichen Duft. Nelli ließ Körbe mit knusprigen Brotschnitten und zwei große Schüsseln mit grünem Salat herumgehen. Sie sah zufrieden über die lange Tafel. »Toll, dass das alles so schnell geklappt hat.«
»Unsere Gäste sind einfach die besten!«, rief Daniel. »Vielen Dank an alle!« Er legte die ersten fertigen Würstchen und Spieße auf eine Platte, die Nelli ihm entgegenhielt. Sie kehrte zum Tisch zurück und bot das Grillgut an.
Marie nahm sich einen Gemüsespieß. Während sie ihn auf ihrem Teller zerlegte, sah sie unauffällig zu den weiteren Gästen, die außer ihnen im Arbeitsnest wohnten. Daniel hatte sie vorhin vorgestellt: Gerda Schubart, die Künstlerin aus Deutschland, die seit einer Woche im Arbeitsnest war und sich durch die magische Bergwelt zu fantasievollen Bildern von Fabelwesen anregen ließ. Marie fand die zierliche Frau, die ihre langen dunklen Haare locker hochgesteckt hatte und ein weites buntes Batikleid trug, interessant und sympathisch.
Dann waren da noch Eric Leclerc und Fabian Brunner, die beiden Männer, die sie bei ihrer Ankunft im Garten gesehen hatten. Sie waren Webdesigner aus Zürich, die sich für ein paar Tage ins Arbeitsnest zurückgezogen hatten, um ungestört an einem Projekt für einen Großkunden zu arbeiten. Erics stark duftendes Rasierwasser störte Marie ein bisschen und sie fand die beiden etwas angeberisch. Kim und Franzi schienen sich mit den beiden jedoch gut zu verstehen. Kim schwärmte gerade mit Eric von der Schokolade und den Bonbons aus dem Klos-

terladen, und Fabian erzählte Franzi Pferdewitze, über die ihre Freundin herzhaft lachen konnte.
Marie überlegte, ob Gerda, Eric oder Fabian das Käsefondue verdorben haben konnten. Aber eigentlich traute sie keinem der drei so etwas zu.
»Hallo zusammen«, sagte plötzlich jemand. Ein ungefähr vierzigjähriger, dunkelblonder Mann stand auf Höhe von Tessa, Helmut und Tom am Tisch und strahlte über das ganze Gesicht. »Das ist ja mal eine Überraschung!«
Tom riss die Augen auf und legte das Würstchen, in das er gerade hatte beißen wollte, auf den Teller zurück. Er wischte sich die Finger an einer Serviette ab. »Sirius? Bist du das wirklich? Das ist ja nicht zu fassen!«
Der Mann pustete sich eine Haarsträhne aus dem Gesicht und nickte. »Kaum zu glauben, dass wir uns in den Schweizer Bergen wiedertreffen, was?« Er zuckte mit den Schultern. »Ich habe vorhin den Minibus der Produktionsfirma gesehen und mich schon gefragt, wer vom alten Team wohl hier ist.«
Tessa und Helmut rückten ein Stück auf der Bank auf.
»Setz dich zu uns!«, rief Maries Vater und klopfte auf den frei gewordenen Platz. »Wie lange ist das her?«
Sirius nickte in die Runde und setzte sich. »Zwei Jahre.«
Tessa bemerkte die neugierigen Blicke am Tisch. »Sirius ist ein ehemaliger Kollege vom Fernsehen«, erklärte sie. »Er ist Kameramann bei uns gewesen. Das ist doch unglaublich, dass wir uns ausgerechnet hier wieder treffen.«
»Allerdings«, sagte Sirius. Er nahm den Teller, den Nelli ihm

reichte, entgegen. »Ich bin jetzt übrigens freier Fotoreporter und auf der ganzen Welt unterwegs.«

Tom nickte. »Das klingt spannend.«

»Ich bin seit einer Woche hier in dieser tollen Unterkunft. Aktuell mache ich eine Bildreportage über Murmeltiere in den Schweizer Alpen.« Sirius nahm sich eine Bratwurst von der Platte. »Es ist wunderbar, den ganzen Tag in der freien Natur sein zu können und damit auch noch richtig gutes Geld zu verdienen.«

»Das klingt nach einem Traumjob«, stellte Helmut fest.

Sirius biss herzhaft in sein Würstchen. »Das ist es«, nuschelte er, kaute und schluckte. »Ich war ja, ehrlich gesagt, damals ziemlich sauer darüber, dass mein Vertrag nicht verlängert wurde. Aber im Nachhinein kann ich sagen: Das war das Beste, was mir passieren konnte!« Sirius sah Tessa an. »Und jetzt erzählt ihr doch mal! Was macht ihr hier?«

Maries Handy vibrierte. Sie sah aufs Display. »Das ist Holger«, sagte sie leise zu Franzi und stand auf.

Ihre Freundin nickte und lächelte ihr zuversichtlich zu.

Marie lief einige Schritte vom Tisch weg.

»Hey, Marie«, meldete sich Holger. »Ich wollte nur wissen, ob's dir gut geht. Du hast vorhin nicht geantwortet.«

»Schön, dass du anrufst«, sagte Marie leise. Sie biss sich auf die Lippe. »Hier war so viel los. Ich bin, ähm, einfach nicht dazu gekommen.«

»Okay.« Holger machte eine längere Pause. Dann platzte es aus ihm heraus: »Also, ich fürchte, das mit dem Foto und den

Grüßen hast du wahrscheinlich nicht so lustig gefunden. Ich hab nicht lange nachgedacht und die Nachricht einfach abgeschickt. Das war blöd von mir. Deswegen wollte ich mich entschuldigen: Es tut mir leid!«

Marie zog überrascht die Augenbrauen hoch. Sie setzte sich auf eine Bank neben einem großen Rosenbusch, dessen Blüten in der untergehenden Sonne feurig rot leuchteten.

»Stimmt schon«, begann Marie. »Ich fand's nicht lustig.« Sie seufzte. »Zuerst habe ich gelacht. Aber dann war ich traurig. Ich will doch nicht eifersüchtig sein und so blöd reagieren! Aber es passiert einfach immer wieder. Ich mag mich ja selber nicht mehr.« Sie strich mit dem Zeigefinger über das glatte Holz der Bank. »Ich glaube, du kannst das gar nicht verstehen.« Marie schluckte. Aber der Kloß in ihrem Hals ging nicht weg. Sie fuhr mit belegter Stimme fort: »Das ist so schwierig am Telefon. Ich weiß einfach nicht …«

»Marie«, unterbrach Holger sie. »Steigere dich da nicht rein. Mensch, ich wäre jetzt so gerne bei dir!«

»Das wäre schön«, sagte Marie leise.

Für einige Sekunden herrschte Schweigen.

»Weißt du was?«, fragte Holger plötzlich. »Es ist doch ganz einfach! Ich rede mit Jakob. Er ist bestimmt einverstanden, wenn wir die Route ändern und bei euch vorbeikommen. Ich will dich sehen!«

Marie war für einen Moment sprachlos. Sie spürte, wie ihr Herz schneller zu schlagen begann. »Das würdest du machen?«, krächzte sie schließlich.

»Ja, klar!«, rief Holger. »Ich denke, ich kann übermorgen da sein!«
Maries Herz pochte schneller und schneller. »Ich freue mich riesig!«, flüsterte sie. »Bis übermorgen!«

Der Geist des Kirchendiebs

»Ich finde es so schön, dass Holger kommen will«, sagte Kim und stäubte mit einem feinen Pinsel etwas Grafitpulver aus dem kleinen Gläschen über einen der Bergkristallsplitter. Sie zwinkerte Marie zu. »War das etwa das Wunder von St. Anna?«
Marie nahm die Lupe aus dem Etui, in dem sie das Fingerabdruckset aufbewahrten. »Wer weiß?«
»Oder es war einfach gut, dass du Holger gesagt hast, wie es dir geht«, warf Franzi ein.
»Er hat aber zuerst angerufen«, stellte Marie fest. »Das fand ich schon erstaunlich.« Sie reichte Kim die Lupe.
Die Detektivinnen saßen an dem kleinen runden Tisch in ihrem Studio. Sie hatten sich schon bald nach dem Essen dorthin zurückgezogen, weil sie unbedingt nach Fingerabdrücken auf den Kristallen suchen wollten und weil Marie ihren Freundinnen nun doch hatte erzählen wollen was bei ihr und Holger los war.
»Danke übrigens, dass ihr mich nicht ausgelacht habt«, sagte Marie. »Die Geschichte mit der Lilo-Verwechslung ist mir echt peinlich.«

Franzi setzte sich kerzengerade auf. »Wieso sollten wir dich auslachen? Kim und ich wissen doch, wie sehr du unter deiner Eifersucht leidest.«
»Genau«, sagte Kim. »Über so etwas kann ich mich wirklich nicht lustig machen. Ich hoffe, dass du mit Holger endlich mal in Ruhe reden kannst. Es ist super, dass er schon übermorgen da ist.«
Marie nickte.
Kim pustete vorsichtig über einen Kristall, um überschüssiges Grafitpulver zu entfernen. Sie betrachtete ihn unter dem Vergrößerungsglas. »Das sieht schlecht aus. Da ist überhaupt nichts zu sehen, was einem Fingerabdruck auch nur ansatzweise ähnelt.« Sie legte die Lupe weg und pinselte den nächsten Kristall ein. »Ich glaube, wir kommen erst weiter, wenn die Wildkamera zuschlägt.«
Franzi griff nach der Lupe. »Ist da echt nichts?« Sie beugte sich über den ersten Kristall, den Kim zur Seite geschoben hatte. Nach kurzer Zeit ließ sie die Lupe sinken. »Ich finde auch nichts, Mist!«
»Dann schau mal beim zweiten«, schlug Kim vor.
Franzi richtete das Vergrößerungsglas auf den eingestäubten Splitter. »Nichts!«, sagte sie nach einer Weile.
»Okay, dann ist das leider so«, stellte Marie fest. »Wir sollten noch die Schleife aus der Küche prüfen.«
»Stimmt, die hatte ich schon ganz vergessen«, sagte Kim. Sie griff in ihren Rucksack und zog die kleine Plastiktüte, in der sie das Fundstück verstaut hatte, hervor. »Unser Nebenfall.«

Marie stutzte. »Warum eigentlich Nebenfall? Es könnte doch sein, dass beide Fälle zusammenhängen. Zuerst werden Nellis Bergkristalle geklaut und dann verdirbt jemand ihr Käsefondue: Jemand will ihr schaden!«
Kim zog die Schleife mit einer Pinzette aus der Tüte. »Du hast recht. So hatte ich das noch gar nicht gesehen.«
»Wir müssen Nelli fragen, was sie von unserem Verdacht hält!« Marie griff zur Wasserflasche, die neben Franzi stand.
»Das können wir gleich morgen Nachmittag machen, wenn sie wieder Dienst hat«, schlug Franzi vor. »Aber ich erinnere noch mal an die Nonnen. Sie könnten das mit dem Fondue auch gewesen sein! Ich finde, wir sollten sie im Auge behalten.«
Marie verzog den Mund. »Meinetwegen.« Sie schüttelte die Flasche. »Die ist leer, ich gehe schnell zum Getränkeautomaten im Aufenthaltsraum.«
»Alles klar«, sagte Kim, stäubte Grafit auf die Schleife und pustete leicht darüber. Enttäuscht lehnte sie sich zurück. »Mist, das funktioniert auf diesem Material nicht.«

Auf dem Weg zum Aufenthaltsraum begegnete Marie keinem Menschen. Sie sah auf ihre Armbanduhr und zuckte zusammen. Es war schon kurz vor elf. Wenn sie, Kim und Franzi morgen fit für den Dreh sein wollten, sollten sie bald ins Bett gehen. Im Aufenthaltsraum war die Deckenlampe ausgeschaltet, doch von der Küchentür her sickerte Licht herein. Marie hörte Schritte und ein Rascheln. »Nelli?«, rief sie leise und lief zur Küche.

Daniels Freundin Laura stand vor einem Korb mit Altpapier und drückte gerade ein paar zerrissene Kartonteile und eine Papiertüte hinein.
»Hallo!«, sagte Marie überrascht.
Laura drehte sich mit erschrockenem Gesicht um. »Ich habe gar nicht gehört, dass jemand kommt! Hallo!« Sie zupfte ihre Armschlinge zurecht und verzog den Mund. Sie schien Schmerzen zu haben. »Ich habe ein wenig aufgeräumt. Ich war heute so lange weg und wollte mich wenigstens noch ein bisschen nützlich machen.«
Marie nickte. Laura war erst spät zur Grill-Runde dazugestoßen. Sie hatte erschöpft ausgesehen und erzählt, dass ihr Arm erneut geröntgt worden war und sie ihn mindestens noch eine Woche in der Schlinge tragen musste. Daniel hatte sich um sie gekümmert und sie war den ganzen Abend nicht mehr von seiner Seite gewichen.
»Ich wollte schnell eine Flasche Wasser holen« , sagte Marie. »Und dann muss ich dringend ins Bett. Ich glaube, da solltest du auch hin.«
»Ja, du hast recht.« Laura schob den Korb mit dem Fuß unter die Anrichte zurück. Sie knipste das Licht im Aufenthaltsraum an und das in der Küche aus und winkte. »Schlaf gut! Wir sehen uns morgen beim Frühstück.« Sie lief langsam hinaus.
Marie folgte nachdenklich und blieb vor dem Getränkeautomaten stehen. Laura tat ihr ein bisschen leid. Sie wirkte so zerbrechlich, und trotzdem arbeitete sie so spät in der Nacht noch. Marie klaubte eine Münze aus ihrer Börse und wollte sie gerade

in den Einwurf stecken, als sie vor der Terrassentür ein Leuchten wahrnahm. Sie sah durch die große Scheibe in den Garten. Das Gelände wurde vom milchigen Licht des Vollmonds beschienen und Büsche und Bäume warfen bizarre Schatten auf das Gras. Plötzlich leuchtete etwas weiter hinten auf. Das Licht bewegte sich ein Stück nach rechts, verschwand und tauchte kurze Zeit später wieder auf. Marie schob die Glastür auf und trat auf die Terrasse hinaus. Der Lichtpunkt tauchte erneut auf, dieses Mal noch etwas weiter entfernt. Marie lief ein Stück auf die Wiese hinaus und lauschte. War da eben ein Knacken zu hören gewesen? Sie ging einige Schritte weiter. Plötzlich spürte sie etwas unter ihrer Schuhsohle, strauchelte, und im nächsten Moment schlug etwas mit Wucht gegen ihre Stirn.

Marie schrie laut auf und ging in die Knie. Ihr Herz raste. Eine Zeit lang hörte sie nur ein dumpfes Dröhnen in den Ohren. Sternchen tanzten vor ihren Augen.

»Marie!« Plötzlich stand jemand neben ihr. »Wir haben deinen Schrei gehört. Was ist passiert?«

Marie blinzelte. Sie erkannte Franzi und Kim, die mit erschrockenen Gesichtern neben ihr im Gras hockten.

»Ich habe keine Ahnung«, murmelte Marie. »Da war ein Licht im Garten. Ich bin rausgegangen, um nachzusehen. Und dann habe ich einen Schlag gegen den Kopf bekommen.« Sie befühlte ihre Stirn. »Autsch, das gibt eine Beule.«

Franzi starrte in die Dunkelheit. »Ich sehe nichts.«

»Wenn jemand hier war, haben wir ihn durch unser Kommen wahrscheinlich vertrieben«, vermutete Kim.

»Ich habe niemanden gesehen«, murmelte Marie. »Nur dieses Licht. Seltsam. Der Schlag kam von vorne, also hätte jemand vor mir stehen müssen. Aber das hätte ich doch gemerkt!«

Tessa und Helmut kamen angelaufen, gefolgt von Daniel, Laura und Gerda. Ein Stück hinter ihnen liefen Eric und Fabian.

»Was ist los?«, erkundigte sich Maries Vater besorgt.

Marie schilderte noch einmal, was sich zugetragen hatte.

»Du hast eine Lichterscheinung gesehen«, flüsterte Gerda. Sie schlug sich die Hand vor den Mund. »Der Geist des Kirchendiebs. Er ist tatsächlich da.«

Marie meinte, sich verhört zu haben. »Ein Geist?«, wiederholte sie.

»Gerda, bitte.« Daniel hob die Hände. »Verschone uns mit deinen Gespensterfantasien!«

»Das ist keine Fantasie!«, rief Gerda aufgeregt. »Es ist eine wahre Geschichte. Die Legende kennt jeder hier in den Bergen!« Sie begann mit bebender Stimme zu erzählen: »Vor über hundert Jahren hat ein Dieb wertvolle Altargegenstände aus der Kirche des Klosters St. Annaberg gestohlen. Eine mutige Nonne verfolgte ihn bis in die Berge hinauf. Vor ihren Augen stürzte der Dieb dann bei seiner hastigen Flucht in eine tiefe Gletscherspalte. Man hat den toten Dieb und die geraubten Gegenstände niemals gefunden. Aber sein Geist irrt seitdem auf der Suche nach der Beute als Lichterscheinung in den Bergen herum!« Gerda knetete ihre Hände. »Es heißt, er käme manchmal in die Nähe des Klosters, weil er sich bei den Nonnen entschuldigen will. Manche Leute sagen jedoch, dass sich der Berggeist rächen will und das Kloster verflucht habe. Jedenfalls hat es unmittelbar nach seinem Tod eine Ungeziefer-Plage und eine Serie unheimlicher Vorfälle im Kloster gegeben.« Sie wies zu den Bergen. »Ich selbst habe das Geisterlicht in den letzten Tagen schon mehrere Male gesehen.«

Marie schluckte.

»Krasse Geschichte«, stellte Eric fest und strich sich über den Bart.

»Es gibt keine Geister«, sagte Kim leise, aber bestimmt.

Maries Vater nickte. »Diese Legende ist spannend, aber ich glaube nicht, dass sie zur Auflösung dessen beiträgt, was hier passiert ist.« Er sah Daniel ernst an. »Hier scheint jemand herumzuschleichen und nichts Gutes im Schilde zu führen!«

Bevor Daniel etwas sagen konnte, schaltete sich Gerda erneut ein. »Ich befürchte, dass die negativen Kräfte des Geistes ihre Wirkung zeigen. Er hasst es, verfolgt zu werden. Dann fühlt er sich in die Situation kurz vor seinem Tod versetzt und wehrt sich. Man muss sehr vorsichtig mit ihm Kontakt aufnehmen und ihn davon überzeugen, wieder in die Geisterwelt zurückzukehren. Sonst droht Unheil!«

Maries Vater seufzte. »Entschuldigung, aber ich denke, so kommen wir hier nicht weiter.« Er hielt Marie die Hand hin. »Kannst du aufstehen?«

Marie nickte und ergriff die Hand ihres Vaters. Er zog sie hoch und legte einen Arm um sie. Plötzlich kniff er die Augen zusammen. »Da ist etwas im Gras.«

Marie sah nach unten. Ungefähr einen Meter von ihr entfernt

lag eine Gartenschaufel. Sie erinnerte sich daran, dass sie kurz vor dem Schlag etwas unter ihrem Schuh gespürt hatte. Mit einem Mal war ihr klar, was passiert sein musste. Sie biss sich auf die Lippe. »Ich glaube, ich bin vorhin auf das Schaufelblatt getreten und habe mir den Stiel an den Kopf katapultiert!«

»Das ist gut möglich.« Kim tippte mit dem Fuß leicht auf die Spitze des gebogenen Schaufelblatts und der Stiel wippte hoch. »Wenn man da mit Schwung drauftritt, knallt einem das ganz schön entgegen.«

»Ich habe wirklich keine Ahnung, wie die Schaufel da hinkommt.« Daniel hob das Gartengerät auf und betrachtete es. »Womöglich stammt sie noch vom Umbau? Es tut mir jedenfalls sehr leid!«

»Immerhin hat sich diese Sache geklärt.« Marie seufzte. »Bleibt noch das merkwürdige Licht, das ich gesehen habe.« Sie blickte in die Runde. »Die Legende vom Kirchendieb macht mich schon etwas unsicher«, gab sie zögerlich zu.

»Marie!«, rief Franzi. »Das ist nur eine Geschichte. Geister gibt es nicht!«

Gerda hob die Augenbrauen. »Es gibt sehr wohl vieles zwischen Himmel und Erde, was wir mit unserem menschlichen Verstand nicht erfassen können!«

Kim und Franzi schüttelten die Köpfe.

Mit einem Mal spürte Marie eine bleierne Müdigkeit in sich aufsteigen. »Ich möchte mir einfach nur noch einen Eisbeutel auf die Stirn legen und ins Bett gehen!«

Wo ist Tessa?

Detektivtagebuch von Kim Jülich
Samstag, 6:37 Uhr

Jetzt sind wir noch keine vierundzwanzig Stunden in unserer Unterkunft in einem alten Schweizer Kloster und schon haben wir es mit einem Bergkristall-Dieb und einigen merkwürdigen Vorkommnissen zu tun!!! Um dem Klüfte-Plünderer auf die Spur zu kommen, werden wir eine Überwachungskamera vor Ort anbringen. Mal sehen, was passiert!

Bei den anderen Ereignissen bin ich völlig unsicher, was sie zu bedeuten haben. Jemand hat das Käsefondue verdorben, ein Ziegel ist im alten Kreuzgang ganz in der Nähe von Tessa, Helmut und Tom heruntergefallen, und Marie hat letzte Nacht eine Lichterscheinung im Garten beobachtet. Als sie nachsehen wollte, ist sie auf eine herumliegende Gartenschaufel getreten, und die ist ihr an den Kopf geknallt. Zum Glück hat Marie nur eine kleine Beule. Wir werden jetzt gleich noch im Garten nach Spuren suchen. Womöglich wollte jemand etwas heimlich ein- oder ausgraben?!

Was geht hier vor sich? Braut sich etwas zusammen?

Oder ist das einfach eine Verkettung zufälliger unglücklicher Umstände und ich höre nur das Gras wachsen?

Gerda, ein Gast hier im Arbeitsnest, würde wahrscheinlich sagen, dass alles auf die negativen Kräfte des Berggeistes aus einer alten Legende zurückzuführen ist. Ich habe den Verdacht, dass Marie dieser Theorie gegenüber auch nicht ganz abgeneigt ist.

Geheimes Tagebuch von Kim Jülich
Samstag, 7:24 Uhr

► Wer hier heimlich liest, bekommt zum Frühstück schimmelgrünes Käsefondue mit Pfefferminz-Geschmack!!! ◄
Ich freue mich so für Marie, dass Holger vorbeikommen will! Ich hoffe, dass die beiden sich mal richtig aussprechen können und Marie endlich ihre Eifersucht in den Griff bekommt.
Mit David und mir läuft es zum Glück gerade supergut. Er hat mir geschrieben, dass ein Redakteur von einer Jugendzeitschrift angefragt hat, ob wir einen Fortsetzungsroman schreiben wollen. Ihm hat unser Fantasy-Krimi nämlich so gut gefallen. Das ist doch super! Ich bin gespannt, wie David meinen Vorschlag findet, eine Liebesgeschichte zu schreiben. Und sehr gespannt bin ich auf den Filmdreh heute Vormittag! Maries Vater hat uns ja schon ein paar Mal Statistenrollen besorgt. Da waren wir aber immer im Hintergrund. Dieses Mal sollen wir in Großaufnahme gezeigt werden. Wahnsinn, oder?! Zum Glück ist die Beule auf Maries Stirn kaum noch zu sehen.
Jetzt geht es aber erst mal zur Spurensuche im Garten!

»Guten Morgen!« Marie winkte Schwester Aloisia zu, die Rosenblüten von einem Busch schnitt, der einige Meter vor der Terrasse wuchs.
Die Nonne grüßte lächelnd zurück, wünschte einen schönen Tag und lief langsam weiter.

Marie atmete tief die frische Bergluft ein und zog die Terrassentür des Studios hinter sich zu. Dass Franzi die Nonnen verdächtigte, konnte sie wirklich nicht nachvollziehen. Andererseits musste man als gute Detektivin in alle Richtungen denken. Sie folgte ihren Freundinnen, die schon ein Stück weiter in den hinteren Teil des Gartens gelaufen waren.

»Hier gibt es natürlich überall Spuren im Gras!«, rief Kim Marie zu. »Wir sind gestern Nacht ja auch alle völlig kopflos durch die Gegend getrampelt.«

»Lasst uns nachsehen, ob irgendwo gegraben wurde«, schlug Franzi vor.

Die Detektivinnen liefen die Wiese Meter für Meter ab und sahen unter den Büschen und Bäumen nach.

Eine halbe Stunde später blieb Marie stehen. »Hier ist nichts«, sagte sie enttäuscht. »Kein Loch, keine Gegenstände. Nur plattes Gras.« Sie schirmte ihre Augen gegen die Sonne ab und sah nachdenklich zu den Bergen. In der Ferne entdeckte sie eine Autobahnbrücke. Die Scheiben eines vorbeifahrenden Wagens blitzten in der Sonne auf. »Womöglich habe ich gestern Nacht bloß die Scheinwerfer von ein paar Autos gesehen«, murmelte sie.

Kim sah zur Brücke. »Das könnte tatsächlich sein.«

»So was Blödes!« Marie zwirbelte eine Haarsträhne zwischen ihren Fingern. »Und die Schaufel lag wahrscheinlich auch seit einer Ewigkeit herum und hat auf den Deppen gewartet, der endlich über sie stolpert. Mist!«

»Ärgere dich nicht!« Franzi klopfte ihr auf die Schulter. »Wir frühstücken jetzt erst mal in aller Ruhe, dann geht's zum Filmdreh, und danach schalten wir wieder in den Detektivmodus.«

Maries Vater saß zusammen mit Sirius, Gerda und den beiden Webdesignern an einem Tisch und unterhielt sich angeregt. Als die Mädchen den Aufenthaltsraum durch die Terrassentür betraten, sah er auf und winkte.

»Einen wunderschönen guten Morgen! Wie geht es dir, Marie?«

Sie lächelte. »Die Beule ist fast verschwunden!«

Die Detektivinnen liefen an Tessas Kameraausrüstung und der Plastikbox mit den Requisiten vorbei. Aus der Küche drang leises Klappern und Marie erkannte die Stimmen von Laura und Daniel. Laura erschien mit einer großen Kanne in der Hand in der Tür. Sie kam an den Tisch und stellte sie ab. Würziger Kaffeeduft erfüllte den Raum.

»Was kann ich euch bringen?«, fragte sie die Mädchen. »Möchtet ihr Tee oder lieber heiße Schokolade?«

Marie nickte. »Für mich gerne heiße Schokolade. Vielen Dank!«

Kim und Franzi schlossen sich ihr an.

Marie nahm sich ein Sesambrötchen aus dem Brotkorb und legte es auf den Teller vor sich. Sie griff zum Messer.

Im nächsten Moment gab Eric einen Schreckenslaut von sich und sprang auf.

Alle zuckten erschrocken zusammen. Marie fiel das Messer aus der Hand. Mit einem lauten Klirren landete es auf ihrem Teller.

»Da ist eine Maus!« Eric deutete auf den Boden und tappte hektisch von einem Bein aufs andere. »Nein, zwei! Ich hasse Mäuse!«

Laura riss die Augen auf. »Oh«, war alles, was sie herausbrachte. Zwei kleine Fellkugeln schossen auf dem Boden quer durch den Raum und verschwanden neben der Küchentür in einem Spalt zwischen Bodenleiste und Wand.

Daniel kam aus der Küche gelaufen. »Was ist los?«

Laura verzog den Mund. »Mäuse«, hauchte sie.

»Mist!« Daniel fuhr sich mit beiden Händen durch die Haare.

»Mäuse sind eklig!«, rief Eric und strich nervös über seinen Bart.

»Jetzt stell dich doch nicht so an.« Fabian verdrehte die Augen. »Wir sind hier in der Natur. Da kommen die Viecher halt mal rein.«

Franzi nickte. »Ja, das kann vorkommen.«

»Es tut mir leid!«, rief Daniel. »Ich werde gleich nachher ein paar Lebendfallen aufstellen.«

»Das ist eine gute Idee«, sagte Maries Vater. Er sah auf die Uhr. »Ich frage mich langsam, wo Tessa bleibt. Sie ist vorhin zu einer Laufrunde auf dem Trimm-dich-Pfad aufgebrochen. Sie müsste längst zurück sein.« Er zog sein Handy hervor, tippte und lauschte. »Ausgeschaltet!«

Marie wechselte einen besorgten Blick mit ihrem Vater.

Er stand auf. »Ich sehe mal in unserem Zimmer nach.«

»Wahrscheinlich ist der Akku leer und Tessa steht unter der Dusche«, versuchte Franzi Marie zu beruhigen.

Marie nickte langsam und schnitt das Brötchen auf.
»Ich hole den Kakao für euch.« Laura lief in die Küche.
»Und ich sehe nach den Fallen«, sagte Daniel.
Eric griff nach seiner Kaffeetasse und beäugte misstrauisch die Wandleiste, unter der die Mäuse verschwunden waren. »Ich gehe in den Garten«, murmelte er und schlurfte zur Terrassentür.
Gerda, die bislang schweigend in ihrem Teeglas gerührt hatte, räusperte sich. »Letzte Woche gab es hier schon einmal Mäuse. Es ist wie mit der Ungezieferplage, die das Kloster heimgesucht hat, nachdem der Kirchendieb verunglückt ist. Ich sage euch: Die Geisterenergie ist gerade hochaktiv! Man muss etwas tun.«
Kim schüttelte stumm den Kopf und biss in ihr Käsebrötchen.
Laura brachte den Kakao. Als sie sich umdrehte, stieß sie beinahe mit Maries Vater zusammen, der mit großen Schritten in den Aufenthaltsraum gekommen war. »Tessa ist nicht da. Jetzt bin ich wirklich beunruhigt. Ich werde den Trimm-dich-Pfad absuchen.«
Marie wurde es heiß und kalt zugleich. Sie sprang auf. »Ich komme mit!«
Franzi und Kim standen ebenfalls sofort auf.
»Ich kann gerne mitsuchen«, bot Gerda aufgeregt an.
Fabian nickte. »Ich natürlich auch!«
Helmut Grevenbroich schüttelte den Kopf. »Das ist sehr nett von Ihnen. Aber ich denke, es reicht, wenn wir zu viert sind.«
Er schnappte sich sein Handy vom Tisch und steckte es ein.
»Wartet!«, rief Laura plötzlich. »Ich glaube, da kommt Tessa gerade.« Sie deutete zum Garten.

Marie wirbelte herum.

Tatsächlich stieg Tessa gerade die Stufen zur Terrasse hinauf. Sie sah erschöpft und verärgert aus. Ihre Trainingskleidung war mit Erd- und Grasflecken übersät. Auf der Höhe des rechten Knies war ein langer Riss im Stoff zu sehen.

Marie lief ihrer Stiefmutter entgegen. »Was ist passiert?«, rief sie aufgeregt.

Tessa wischte sich mit dem Unterarm über die verschwitzte Stirn. »Ich bin auf diesem Trimm-dich-Pfad vom Weg abgekommen. Kurz nach den Reckstangen muss ein Hinweisschild gefehlt haben.« Tessa atmete tief durch. »Ich bin auf einen Pfad geraten, an dessen Seite es einen Abhang steil hinunterging. Das konnte man nicht sehen, weil dichtes Gestrüpp alles verdeckt hat. Ich bin in Sekundenschnelle eingebrochen und hinuntergerutscht. Es hat viel Kraft und Zeit gekostet, wieder hochzukommen!«

Laura sah Tessa alarmiert an. »So ist es mir letzte Woche auch ergangen.« Die junge Frau strich sich über ihren Arm und runzelte die Stirn. »Daniel hat die Beschilderung sofort überprüft.« Laura biss sich auf die Lippe. »Hat sich jetzt schon wieder ein Wegweiser gelöst?«

»Sie sollten sich dringend darum kümmern.« Helmut sah Laura ernst an. »Das ist wirklich gefährlich!«

»Natürlich.« Laura zupfte nervös an ihrer Armschlinge. »Ich werde gleich mit Dani reden.«

»Mach das bitte unbedingt!« Tessa sah auf ihr Handy und schüttelte den Kopf. »Mist, keine Anzeige. Wie ärgerlich! Das hat bei meinem Sturz wohl etwas abbekommen.« Sie blickte in die Runde. »Wie spät ist es?«

»Gleich halb zehn«, antwortete Marie.

»Wir müssen uns beeilen!«, rief Tessa. »Der Dreh geht in einer Stunde unten im Dorf los!«

Chaos mit Kühen

Marie sah beeindruckt zu, wie sich Tessa konzentriert mit dem Regisseur und der Aufnahmeleiterin besprach. Es war ihrer Stiefmutter überhaupt nicht anzumerken, dass sie erst vor Kurzem so ein schreckliches Erlebnis gehabt hatte. Marie atmete tief durch. An Tessas Ruhe und Gelassenheit wollte sie sich ein Beispiel nehmen. Sie waren jetzt hier, bei den Dreharbeiten für eine Szene der 250. Folge der *Vorstadtwache*, und Marie wollte ihre Statistenrolle perfekt spielen!

Sie blendete alle Gedanken aus, die um die Detektivarbeit gekreist waren, und ließ den Blick über den Marktplatz schweifen. Er war für das traditionelle Almabtriebs-Fest, das am Nachmittag stattfinden sollte, geschmückt und hergerichtet worden. Die Kühe, die den Sommer über auf den Wiesen in den Bergen weideten, wurden im September wieder zurück in ihre Ställe im Tal geführt. Das wurde jedes Jahr mit einem großen Begrüßungsfest gefeiert.

Die Filmfirma hatte mit der Dorfverwaltung abgesprochen, dass der Dreh aus Sicherheitsgründen vor dem tatsächlichen

Fest stattfinden sollte. Das Publikum wurde von Statisten gespielt. Eine Gruppe von über fünfzig Menschen aller Altersstufen wartete bereits hinter einer Absperrung. Marie sah, dass auch Sirius dabei war. In wenigen Minuten würden die Statisten nach Anweisung der Regie die Imbissbuden und die langen Reihen von Tischen und Bierbänken bevölkern, die auf dem Marktplatz aufgebaut waren.

Der Brunnen in der Mitte des Platzes war mit bunten Blumengirlanden geschmückt. Daneben war eine große Fläche mit Gittern aus Metall abgegrenzt und der Boden mit Stroh bedeckt worden. Dort würden am frühen Abend alle Kühe versammelt sein, um dann wieder ihren jeweiligen Bauern zugeteilt zu werden. Marie lief eine Gänsehaut über den Rücken, als sie sich vorstellte, dass sich mehrere dutzend Tiere dort drängen würden. Sie war froh, dass bei dem Dreh nur fünf Kühe anwesend waren, die in einer kurzen Zwischenszene erscheinen sollten. Die Tiere mit dem hellbraunen Fell und den kräftigen gebogenen Hörnern kamen Marie riesig und unheimlich vor, obwohl sie gerade ruhig im Schatten standen und aus einer mit Wasser gefüllten Wanne tranken. Zum Glück lag das Podest, auf dem Marie nachher mit Kim und Franzi stehen und so tun sollte, als würden sie in Alphörner blasen, mehrere Meter von der Einzäunung entfernt.

Marie strich die Schürze an ihrem bunt gemusterten Kleid glatt und drückte sich den Blumenkranz etwas fester ins Haar.

»Grüezi, meine Liebe«, sagte Franzi und lüpfte ihren Hirtenhut. »Du siehst wunderhübsch aus!«

Marie musste lachen. »Du bist aber auch ein sehr fescher Bursche!«, rief sie.
Kim zupfte an den gebauschten Ärmeln ihrer weißen Bluse. »Mann, bin ich aufgeregt«, murmelte sie.
»Es wird alles perfekt funktionieren«, beruhigte Marie sie. Sie winkte ihrem Vater, der gerade mit seinem Kollegen aus dem Wohnwagen kam, in dem die Maske für die Schauspieler untergebracht war. In wenigen Minuten würde er als Kommissar Brockmeier einen flüchtigen Mörder quer durch die Dorffest-Szene verfolgen. Wenn der Schauspieler an dem Podest vorbeirannte, sollten Kim, Franzi und Marie die mehrere Meter langen Alphörner ein Stück nach vorne schieben und ihn so zum Straucheln bringen. Eine dicke Matte, die am Ende der Laufstrecke ausgelegt war, würde den Mann bei dem geplanten Sturz vor Verletzungen schützen. Auf dem Boden vor der Bühne befand sich außerdem eine lange Schienenstrecke, auf der ein Wagen mit vier Rädern stand. Auf ihm konnte die Kamera montiert und von Tessa bedient werden, während ein Kollege den Wagen schob. Auf diese Weise sollte die Verfolgungsszene in einer schnellen und ruckelfreien Kamerafahrt gefilmt werden.
Toms Assistentin wandte sich an sie. »Hallo, ihr drei! Die Alphörner werden erst noch gebracht. Ihr könnt aber schon mal zum Podest gehen, sodass Tessa ein paar Probeeinstellungen machen kann. Und ich sage der Maskenbildnerin Bescheid. Wir müssen eure Nasen noch ein bisschen pudern.«
»Alles klar!«, rief Marie.
Sie liefen an einer Reihe von Bierbänken vorbei, auf denen die

ersten Statisten bereits Platz genommen hatten, und stiegen auf die kleine Bühne.

Tessa kam mit dem Kamerakoffer herüber. Zwei Assistenten, die Kabelrollen und Stative trugen, begleiteten sie.

Jutta, die Maskenbildnerin, kletterte auf das Podest und begrüßte die Mädchen erfreut. Sie kannten die Frau von zwei Produktionen her, bei denen sie ebenfalls Statistenrollen gehabt hatten.

»Schön, dass ihr wieder mal dabei seid«, sagte Jutta. »Und jetzt bitte kurz die Augen zumachen.« Sie begann, mit einer großen flauschigen Puderquaste Maries Nase und Stirn abzutupfen.

Plötzlich hörten sie einen Schrei.

Marie riss erschrocken die Augen auf. Jutta ließ vor Schreck die Puderquaste fallen.

Marie sah, dass Tessa etwas von ihrer Hand abschüttelte und vor der geöffneten Kameratasche zurückwich.

»Achtung, hinter dir!«, rief Marie.

Aber es war zu spät: Tessa stieß mit voller Wucht gegen einen der Techniker. Der Mann geriet ins Straucheln, stolperte einige Schritte nach hinten und prallte gegen den Kamerawagen. Das Gefährt setzte sich in Bewegung. Der Mann hechtete geistesgegenwärtig hinterher und versuchte, es zu fassen. Doch der Versuch misslang.

Der Kamerawagen rollte über die Schienen davon, schoss über ihr Ende hinaus und holperte in hohem Tempo direkt auf den Metallzaun zu, hinter dem die Kühe standen. Mit einem ohrenbetäubenden Scheppern prallte der Wagen gegen eines der Zaunelemente und kippte zur Seite um. Augenblicklich entstand Panik unter den Kühen. Sie preschten in der Umzäunung umher und muhten laut. Eine Kuh rannte vor Aufregung gegen den Zaun. Voller Schrecken sah Marie, dass sich das Gitter aus der Verankerung löste und krachend zu Boden fiel. Die Kuh blieb wie angewurzelt stehen und scharrte nervös mit einem Huf über den Boden. Sie senkte den Kopf.

Maries Herz begann zu rasen.

Die Statisten, die auf den Bierbänken in der Nähe des Geheges saßen, sprangen auf. Sie drängten weg von der Stelle, an der vermutlich gleich eine panische Kuh durchbrechen würde.

Die Stimme des Regisseurs erklang blechern durch ein Megafon: »Bitte bewahren Sie Ruhe. Wir kriegen das in den Griff!«

Eine Frau war zu der Umzäunung gelaufen und sprach beruhigend auf die Kuh ein. Marie nahm an, dass es sich um die Besitzerin der Tiere handelte.

Die Kuh zog sich tatsächlich langsam von der Lücke im Zaun zurück. Schließlich gesellte sie sich zu den anderen Kühen, die inzwischen wieder dicht aneinandergedrängt bei der Wassertränke standen.

Die Frau richtete den Zaun mithilfe zweier Statisten wieder auf.

Marie atmete erleichtert aus.

»Es tut mir leid!«, rief Tessa. Sie schüttelte heftig den Kopf. »Ich habe mich erschrocken, weil mir mehrere große Käfer über die Hand gekrabbelt sind, als ich die Kamera aus der Tasche geholt habe. Ich verstehe das nicht. Da waren riesengroße Schaben drin!«

»Wie bitte?« Maries Vater war zu ihnen gelaufen gekommen und sah Tessa irritiert an. »Bist du sicher?«

»Absolut.« Tessa runzelte die Stirn. »Wie sind die dort reingekommen?«

»Das verstehe ich auch nicht«, sagte Maries Vater.

»Ich breche den Dreh ab!«, rief Tom. Er fuhr sich mit beiden Händen durchs Haar. »Das hat heute keinen Sinn mehr. Am Kamerawagen hat sich ein Rad gelöst, die Tiere müssen sich erst beruhigen und die Statisten auch. Wir verschieben die Szene auf morgen.« Er sah auf seine Armbanduhr und dann zur Sonne, die noch ziemlich hoch stand. »Wenn wir uns beeilen, könnten wir die Kletterszene in den Bergen vorziehen.« Er sah Tessa und Helmut prüfend an. »Wärt ihr bereit?«

»Natürlich.« Tessa straffte die Schultern.

Helmut nickte. »Ich habe die Klettersachen im Van. Ich hole sie und ziehe mich um.« Er winkte in die Runde und lief los.

»Sehr gut!«, rief Tom. Er nickte Tessa zu. »Ich informiere die anderen. In einer Stunde ist Abfahrt!« Mit großen Schritten eilte der Regisseur zur Aufnahmeleiterin.

Tessa biss sich auf die Lippe. »Das ist alles meine Schuld. Ich habe total überreagiert.«

»Ich hätte mich auch sehr erschrocken, wenn mir plötzlich Schaben über die Hände laufen!«, sagte Marie sofort. »Was danach passiert ist, war einfach riesengroßes Pech.«

»Das kannst du laut sagen«, murmelte Tessa. Sie hob die Kamera auf, die neben dem Koffer lag. »Zum Glück ist sie mir nicht aus größerer Höhe runtergefallen. Das hätte sie wahrscheinlich nicht überstanden.« Misstrauisch begutachtete sie das Innere des Koffers. Sie seufzte erleichtert. »Keine Käfer mehr drin.«

»Mensch, was war denn los?«, fragte plötzlich jemand von Weitem. Es war Sirius. Er sah Tessa ernst an. »Was hat dich so erschreckt?«

»In der Tasche waren Kakerlaken«, erklärte Marie.

Sirius runzelte die Stirn. »Im Ernst? Wie sind die da reingekommen?«

Tessa verzog das Gesicht. »Das wüsste ich auch gerne.« Sie packte die Kamera in den Koffer.

»Was ist denn dahinten los?«, fragte Franzi plötzlich. Sie wies zum Schauspieler-Wohnwagen. Helmut, Tom und die Regieassistentin standen davor und diskutierten. Tom schüttelte verärgert den Kopf.

Die Mädchen liefen mit Tessa und Sirius hinüber.

Maries Vater hielt ein locker aufgerolltes Seil in der Hand. Er hob es hoch und runzelte die Stirn. »Darauf möchten mein Kollege und ich uns beim Klettern lieber nicht verlassen!«

Die Detektivinnen sahen sich alarmiert an.

Marie betrachtete das Seil. Deutlich sichtbar standen an zwei Stellen Fasern der ineinander verdrechselten Seilstränge ab.

Der Regisseur zog die Augenbrauen hoch. »Ich frage mich, wie das passieren konnte. Die Kletter-Requisiten sind gerade erst bestellt worden. Sie sind nagelneu. Ist das ein Produktionsfehler?«

»Es könnten auch Schnitte sein«, stellte Kim fest.

Maries Vater räusperte sich. »Ich würde jetzt nicht immer das Schlimmste annehmen.« Er lachte unsicher. »Vielleicht haben die Karabinerhaken während des Transports in der Box am Seil gescheuert?«

Kim betrachte skeptisch das Seil. »Das könnte auch sein«, sagte sie zögerlich.

Tom winkte seiner Assistentin. »Wie auch immer. Wir lassen natürlich ein neues Seil beschaffen.«

»Selbstverständlich«, sagte die Aufnahmeleiterin. »Das wirft den Zeitplan allerdings endgültig um.«

Tom nickte. »Es ist, wie es ist. Die Kletterszene kann heute nicht stattfinden.« Er seufzte. »Wir machen Schluss.«

Sirius sah ernst in die Runde. »Euer Dreh scheint unter keinem guten Stern zu stehen!«

Kann das alles Zufall sein?

Als sie auf dem Parkplatz vor dem Kloster aus dem Van stiegen, kam ihnen Daniel entgegen. Er winkte ihnen zu. »Wie war euer Dreh?«

Tessa seufzte und schulterte ihre Kameratasche. »Er wurde verschoben!«

»Warum denn das?«, fragte Daniel überrascht.

Tessa klopfte auf den Kamerakoffer. »Hier waren Kakerlaken drin, über die bin ich so erschrocken, dass ich ein Riesendurcheinander ausgelöst habe. Der Dreh musste abgebrochen werden.«

Daniel riss die Augen auf. »Das gibt's doch nicht!«

»Es war echt heftig!«, rief Sirius, der mit ihnen im Van zurückgefahren war. »Und dann war noch eine wichtige Requisite beschädigt! So etwas habe ich in meinen Jahren als Kameramann noch nie erlebt.«

»Das tut mir wirklich leid, so ein Pech!« Daniel sah betroffen in die Runde. Er räusperte sich. »Ich komme übrigens gerade vom Trimm-dich-Pfad. Ich habe das Schild, das herunterge-

fallen war, wieder befestigt.« Er sah bedauernd zu Tessa. »Entschuldige bitte noch einmal die Unannehmlichkeiten!«
Tessa winkte ab. »Den Vorfall hatte ich angesichts der jüngsten Ereignisse schon ganz verdrängt.« Sie lief weiter. »Ich glaube, ich brauche jetzt erst mal eine große Tasse Cappuccino!«
Maries Vater nickte. »Das ist eine gute Idee.«
»Wir haben auch frischen Kuchen«, sagte Daniel. »Nelli hat vorhin gebacken. Sie serviert euch gerne alles im Garten!«
»Prima, dann nichts wie hin«, sagte Helmut und folgte Tessa.
»Wisst ihr was?« Kim zupfte an ihrer Lippe und sah zu dem Pfad, der seitlich des alten Klostertraktes in den Fichtenwald führte. »Ich würde mir gerne die Stelle auf dem Trimm-dich-Pfad ansehen, an der Tessa heute Morgen den Unfall hatte. Nachdem diese Sachen beim Dreh passiert sind, finde ich das mit dem angeblich heruntergefallenen Schild doch sehr merkwürdig!«
Marie und Franzi nickten schweigend.

Eine Viertelstunde später hatten die Detektivinnen ihre Kostüme gegen Jeans und T-Shirts getauscht und liefen wieder über den Parkplatz. Der Trimm-dich-Pfad begann seitlich des alten Klostertrakts mit einer Reihe von Baumstämmen, auf denen balanciert werden konnte, und führte dann weiter in den Wald hinein. Der Duft von Baumharz und Moosflechten umgab sie, während sie auf dem mit Fichtennadeln übersäten Weg liefen.
»Besser wäre es gewesen, wenn wir uns die Stelle hätten ansehen können, bevor Daniel das Schild wieder gerichtet hat«,

sagte Kim. »Womöglich sind dabei Spuren vernichtet worden.«

»Hm«, murmelte Marie abwesend. In ihrem Kopf kreisten die Gedanken. Sie hatte ein mulmiges Gefühl. In den letzten vierundzwanzig Stunden hatte es mehrere merkwürdige und zum Teil gefährliche Vorkommnisse gegeben. »Kann das alles Zufall sein?«, fragte sie laut. Sie blieb stehen und sah ihre Freundinnen an. »Oder steckt ein System dahinter?«

Kim blieb ebenfalls stehen. »Du denkst, jemand sabotiert das Filmteam?«

Marie nickte stumm.

»Genau daran habe ich auch gedacht«, sagte Franzi leise. »Aber aus welchem Grund?«

Kim runzelte die Stirn und setzt sich wieder in Bewegung. »Ehrlich gesagt kommt mir Sirius merkwürdig vor. Ich habe das Gefühl, dass er etwas schadenfroh über die Pannen beim Dreh ist.«

Franzi schüttelte den Kopf. »Das finde ich nicht. Er versteht sich doch super mit Tessa, Helmut und Tom.«

Marie ging weiter. »Sirius hat gestern Abend gesagt, dass er damals sauer auf die Filmfirma war, als sein Vertrag nicht verlängert wurde. Was ist, wenn er bloß so nett tut und eigentlich immer noch wütend ist?« Sie biss sich auf die Lippe. »Vielleicht hat er gestern Abend, nachdem er den Van auf dem Parkplatz gesehen hat, plötzlich an Rache gedacht?«

»Und dann ist er sofort losgezogen, hat das Käsefondue verdorben, den Klinker im Kreuzgang runtergeworfen, anschließend Kakerlaken in die Kameratasche getan, das Kletterseil beschädigt und auch noch schnell ein Schild auf dem Pfad entfernt?« Franzi zupfte an einem ihrer kurzen Zöpfe. »Ich weiß nicht, das wäre schon heftig.«

»Aber es könnte so gewesen sein«, beharrte Marie. »Starke Gefühle können bei Menschen starke Reaktionen hervorrufen!«

Franzi sah Marie von der Seite an. »Könnte es sein, dass du aus eigener Erfahrung sprichst?«

»Das war gemein!«, rief Marie und boxte ihrer Freundin gegen die Schulter.

»Sorry«, sagte Franzi und lächelte. Im nächsten Moment zeigte sie nach vorne. »Da sind die Reckstangen, von denen Tessa erzählt hat. Danach müsste die Weggabelung kommen, an der das Schild gefehlt hat.« Franzi beschleunigte ihre Schritte.

Einige Meter von den Sportgeräten entfernt teilte sich der Weg tatsächlich in zwei Pfade auf. Einer war etwas breiter und führte geradeaus, der andere, schmalere, verlief nach rechts. Eine große, leicht schief gewachsene Fichte stand dazwischen. An ihrem Stamm wies ein Pfeilschild mit der Aufschrift *Trimm-dich-Pfad* zur rechten Seite. Der neue Nagel, mit dem Daniel das Schild am Stamm befestigt hatte, glänzte in der Sonne.

Marie sog scharf die Luft ein. »Ohne das Schild hätte ich den Weg geradeaus genommen.« Sie lief vorsichtig ein Stück weiter. Dichtes Gestrüpp wuchs bis fast an den Weg heran. Nach wenigen Metern wurde der Pfad schmaler. Marie blieb stehen. Sie sah zum Unterholz zu ihrer linken Seite und erkannte, dass es dort, wenige Zentimeter neben ihr, einen steilen Abhang hinunterging. Sobald sie einen Schritt weiter nach links machen würde, würde sie unweigerlich in die Tiefe rutschen. Vorsichtig kehrte Marie um und lief zu Franzi und Kim an der Gabelung zurück. »Diese Stelle ist echt gefährlich!«, rief sie. »Tessa hat viel Glück gehabt, dass sie sich nicht verletzt hat.«

Kim schüttelte den Kopf. »Es wäre schlimm, wenn wirklich jemand das Schild absichtlich entfernt hat.« Sie sah nachdenklich an der Fichte hoch. Plötzlich stutzte sie und ging näher heran. »Was ist denn das?« Sie streckte sich und klaubte mit spitzen Fingern etwas von einem abgebrochenen Ast unterhalb des Schildes. »Da ist ein Stück Stoff hängen geblieben!«

Aufgeregt liefen Marie und Franzi zu Kim. Ihre Freundin hielt einen schmalen schwarzen Textilstreifen vorsichtig zwischen Daumen und Zeigefinger.

»Ich glaube, da hat sich wirklich jemand an dem Schild zu schaffen gemacht und ist mit seiner Kleidung am Ast hängen geblieben.« Kim holte eine kleine Plastiktüte aus ihrer Hosentasche und ließ den Stoffstreifen hineingleiten. »Daniel hatte vorhin ein weißes T-Shirt und Jeans an. Von ihm kann das Stoffstück nicht stammen.«

»Sirius hat heute und gestern ein schwarzes Hemd getragen!«, rief Marie sofort.

Franzi zog die Augenbrauen hoch. »Stimmt. Aber wir sollten keine voreiligen Schlüsse ziehen. Es gibt auch noch andere Leute, die Schwarz tragen. Die Nonnen zum Beispiel!«

»Oder Eric und Fabian«, ergänzte Kim.

Marie verzog den Mund. »Dann müssen wir eben überprüfen,

wer alles ein schwarzes Kleidungsstück mit einem Loch darin hat. Und ich werde bei Sirius ganz genau hinsehen!«
»Es könnte sich auch eine uns völlig unbekannte Person am Schild zu schaffen gemacht haben«, warf Kim ein.
»Da hast du allerdings recht«, stimmte Franzi zu. »Ich schlage vor, wir besprechen das weitere Vorgehen in Ruhe bei einer kühlen Limo im Arbeitsnest.«
Marie und Kim waren sofort einverstanden.

Etwas ist faul an ihm

Helmut, Tessa und Sirius saßen an einem der Tische auf der Terrasse vor dem Aufenthaltsraum. Sonst war keiner der Gäste im Garten zu sehen.

Tessa winkte den Mädchen. »Tom hat angerufen. Er hat alles für morgen organisiert. Ab 12:00 Uhr drehen wir die Dorffest-Szene.«

Die Mädchen liefen zu den Erwachsenen.

»Da ist ja super«, sagte Marie. Sie ließ ihren Blick unauffällig über das schwarze Hemd von Sirius gleiten. Soweit sie sehen konnte, wies es keine Beschädigung auf. Allerdings hatte der Mann die langen Ärmel aufgekrempelt. Ein Loch darin konnte somit gut verborgen sein.

Sirius sah irritiert an sich herunter. »Habe ich irgendwo einen Fleck?«

»Nein«, sagte Marie schnell. »Mir, ähm, gefällt der Stoff von dem Hemd einfach gut!«

»Aha.« Sirius blickte sie überrascht an. »Ja dann, danke!«

»Bitte«, sagte Marie. »Wir müssen dann mal weiter. Wir woll-

ten uns etwas zu trinken holen.« Sie zog Kim und Franzi mit sich in den Aufenthaltsraum.
Auf dem Weg zum Getränkeautomaten stieß Kim Marie in die Seite und grinste. »Jetzt hast du Sirius aber verwirrt.«
Marie runzelte die Stirn. »Mir war gar nicht bewusst, dass ich so auffällig hinsehe.« Sie zog ihren Geldbeutel aus der Hosentasche und warf eine Münze in den Automaten. »Mist, das wird nicht einfach«, murmelte sie. »Sirius kann das beschädigte Hemd ja in die Wäsche getan oder sogar weggeworfen haben.«
»Wenn er überhaupt ein kaputtes Hemd hat«, sagte Franzi. »Ich wiederhole: Es gibt viele Leute, die schwarze Kleidung tragen!«
Marie drückte die Taste für die Zitronenlimonade. »Mir kommt Sirius aber verdächtig vor.« Sie blickte zur Terrasse hinaus. »Seht mal! Jetzt hilft er Tessa, den Akku der Kamera zu wechseln. Gestern Abend hat er sich das Gerät schon zeigen lassen, weil er dieses neue Modell noch nicht kannte.« Marie nahm die Flasche aus dem Fach und reichte sie Kim. »Ich glaube einfach nicht, dass er wirklich mit seinem alten Job abgeschlossen hat! Garantiert ist er immer noch enttäuscht und wütend darüber, dass sein Vertrag nicht verlängert wurde.«
»Deshalb denkst du, dass er Rache am Filmteam nehmen will. Okay.« Kim drehte die Flasche in ihrer Hand. »Dazu passt aber nicht, dass es offensichtlich schon letzte Woche ein fehlendes Schild gab.«
»Daran habe ich nicht gedacht«, gab Marie zu. Sie warf erneut

Geld ein. »Aber das mit den Schaben in der Kameratasche, das beschädigte Seil und auch der Klinker im Kreuzgang – das sind doch Sachen, die direkt das Team betreffen!«

»Das stimmt schon.« Franzi holte die zweite Flasche aus dem Fach. »Trotzdem könnte es gar nicht um das Filmteam gehen, sondern generell um die Gäste des Arbeitsnests.« Sie wies mit dem Kinn nach draußen. »Schwester Aloisia ist gerade wieder aufgetaucht und schneidet Rosen. Sie scheint hier oft durch die Gegend zu laufen. Ich finde, es ist gut möglich, dass nicht Sirius, sondern sie und ihre Mitschwestern nur so nett tun und hintenherum sabotieren.«

»Hey, da seid ihr ja«, erklang plötzlich Nellis Stimme. »Ich habe schon gehört, was beim Dreh passiert ist. Das tut mir sehr leid!« Sie schien einen Moment zu überlegen, dann sagte sie leise: »Ich kann übrigens gleich die Wildkamera bei meiner Freundin abholen.«

Schlagartig fiel Marie der Bergkristall-Dieb wieder ein.

»Das ist gut!«, sagte sie. »Dann haben wir hoffentlich bald ein Foto vom Täter und können weiter ermitteln.«

Nelli nickte. »Heute habe ich keine Zeit mehr, ich muss das Abendessen vorbereiten. Aber vielleicht könnten wir morgen die Kamera vor eurem Dreh an der Kluft verstecken?«

»Das wäre super«, sagte Marie.

Kim und Franzi nickten.

»Fein!« Nelli pustete sich eine Locke aus dem Gesicht. »Wir sehen uns nachher zum Abendessen. Es gibt Käsefondue. Und dieses Mal hoffentlich ohne Kräuterzückerli.« Sie lief zur Tür.

»Kannst du dir wirklich nicht vorstellen, wer das gestern getan hat?«, rief ihr Franzi hinterher. »Ich meine, gibt es vielleicht jemanden, der euch schaden will, Leute die neidisch sind? Könnte jemand die Gäste aus dem Arbeitsnest vertreiben wollen?«

Nelli blieb abrupt stehen und drehte sich um. Sie schüttelte den Kopf. »Das kann ich mir nicht vorstellen«, sagte sie leise und verschwand zur Tür hinaus.

»Hat Nelli eben gezögert?«, fragte Franzi unsicher.

Kim zuckte mit den Schultern. »Du könntest recht haben. Ich glaube, wir sollten später noch mal nachhaken.«

»Das machen wir.« Marie holte eine dritte Flasche aus dem Automaten.

Die Detektivinnen liefen mit den Getränken in den Garten und setzten sich an den Steintisch neben der Grillstelle. Ein großer Sonnenschirm spendete angenehmen Schatten.

Marie öffnete ihre Limonadenflasche und nahm einen großen Schluck. »Wie machen wir jetzt weiter?«

Kim drehte ihre Flasche nachdenklich in den Händen. »Mir fällt gerade ein, was Gerda heute Morgen gesagt hat, als die Maus aufgetaucht ist ...«

»Du sprichst von der negativen Geisterenergie?«, unterbrach Marie sie. »Du meinst, da ist doch etwas dran?«

»Natürlich nicht!« Kim öffnete ihre Flasche. »Ich meinte, dass sie erzählt hat, dass es letzte Woche schon mal eine Mäuseplage gegeben hat. Womöglich war das auch bereits ein Sabotageakt auf das Arbeitsnest. Lauras Unfall wegen eines fehlenden Wegweisers ist ja auch eine Woche her.« Kim nahm einen Schluck

und stellte die Flasche zurück auf den Tisch. »Dann könnte es sein, dass hier schon seit einiger Zeit etwas nicht stimmt. Ich finde, wir sollten mit Daniel und Laura reden!«
Marie nickte. »Du hast recht.«

Drei Stunden später hatten die Detektivinnen immer noch keine Gelegenheit gefunden, Daniel oder Laura anzusprechen. Die beiden waren verspätet zum Essen gekommen und hatten dann mit Nelli die Planung für die nächsten Tage besprochen. Jetzt saßen sie bei Tessa und Helmut und unterhielten sich angeregt.
Franzi sah unauffällig hinüber und pickte einen Brotkrümel von ihrem Teller auf. »Spätestens morgen vor dem Frühstück wird es klappen«, murmelte sie.
»Mir wäre es lieber, wenn wir heute schon mit ihnen sprechen«, warf Kim ein. »Wer weiß, was noch alles passiert. Immerhin war das Fondue vorhin in Ordnung.« Sie lachte. »Was rede ich da, es war mehr als in Ordnung. Es war fantastisch!«
»Schaut euch das an!«, rief plötzlich Daniel und sah zum Gebirge. »Das ist die Magie der Berge!«
Er stand langsam auf. »So ein intensives Alpenglühen hatten wir schon lange nicht mehr.«
Alle sahen beeindruckt hinauf zu den Berggipfeln. Sie leuchteten vor dem dunkelblauen Abendhimmel im Licht der untergehenden Sonne in kräftigen Rosa-, Rot- und Orangetönen. Es wirkte, als würde das gigantische Bergmassiv von innen heraus erglühen.

Für einen Moment vergaß Marie alles um sich herum und genoss den Anblick des zauberhaften Naturschauspiels.
Ein leises Geräusch hinter ihr riss sie aus ihren Gedanken. Sirius lief vorbei. Als er Maries Blick bemerkte, sagte er: »Ich will noch ein paar Nacht-Aufnahmen von den Murmeltieren auf der Alm machen.« Er winkte und lief weiter.
Franzi runzelte die Stirn. »Murmeltiere sind nachts nicht aktiv. Die sind alle längst in ihrem Bau verschwunden. Wenn Sirius sich mit diesen Tieren beschäftigt, müsste er das wissen.« Sie schüttelte den Kopf und stand langsam auf. »Hat er vielleicht etwas ganz anderes vor?«
Marie sprang auf. »Ich wusste es«, flüsterte sie. »Wetten, dass er jetzt, während alle mit dem Alpenglühen beschäftigt sind, die nächste Aktion plant?«
»Hinterher!«, sagte Kim leise und stand auf.
Die Detektivinnen ließen Sirius einen Vorsprung, um ihm dann mit einem Sicherheitsabstand zu folgen.
Er lief zügig durch den Garten zur geöffneten Terrassentür des Aufenthaltsraums und ging hinein. Die Mädchen schlichen weiter und beobachteten ihn seitlich von der Tür aus.
Sirius war vor Tessas Kameraausrüstung, die an der Wand lehnte, stehen geblieben.
Marie hielt die Luft an. Was hatte Sirius vor? Würden sie ihn gleich dabei ertappen, wie er schon wieder Ungeziefer in die Tasche setzte?
Sirius lief weiter zur Tür, die in den Flur mit den Zimmerzugängen führte.

Marie atmete aus. Ihr Herz schlug schnell, als sie mit Kim und Franzi bis zur Tür lief, um in den Flur hineinzuschauen.
Sirius betrat sein Studio. Die Tür blieb offen.
Franzi wollte hinterherschleichen, doch Marie hielt sie zurück. »Warte«, zischte sie. »Womöglich kommt er gleich wieder raus und sieht dich!«
Tatsächlich erschien Sirius kurze Zeit später wieder im Türrahmen. Er hatte einen schlaffen Rucksack über die Schulter geworfen und hielt eine Stirnlampe in der Hand. Nachdem er die Tür zugezogen hatte, streifte er die Lampe über den Kopf und lief los – zurück in Richtung des Aufenthaltsraums.
Kim zog Marie und Franzi hinter den Getränkeautomaten. »Sein Rucksack sieht ziemlich leer aus«, flüsterte Franzi. »Seine Fotokamera hat er da bestimmt nicht drin!« Angespannt folgten die Mädchen Sirius, der wieder über die Terrasse in den Garten und dann zügig zu dem kleinen Steinhäuschen lief und dahinter verschwand.
Die Detektivinnen pirschten sich vorsichtig heran. Marie lugte um die Ecke.
Sirius steuerte auf das Tor in dem Mäuerchen zu, durch das sie gestern mit Nelli gegangen waren.
Franzi schüttelte den Kopf. »Läuft er doch zu den Almwiesen und glaubt, er findet jetzt noch Murmeltiere?«
Das Tor quietschte leise, als Sirius es aufzog. Mit großen Schritten lief er in die Dämmerung hinaus. Er schlug denselben Pfad ein, den sie am Vortag mit Nelli gelaufen waren. Sirius gewann schnell an Höhe und ließ die Almwiesen hinter sich, ohne an-

zuhalten. Plötzlich leuchtete ein Lichtpunkt auf und tanzte unruhig durch die Dämmerung. Sirius hatte offensichtlich seine Stirnlampe eingeschaltet.
»Wisst ihr was?«, zischte Kim. »Ich glaube, er ist auf dem Weg zu Nellis Klüften!«
»Das wäre der Hammer«, flüsterte Marie. Sie beobachtete den Weg des Lichtpunkts, der sich unruhig weiter nach oben bewegte. »Du hast recht!«
»Wir müssen hinterher und ihn auf frischer Tat ertappen«, sagte Franzi aufgeregt. »Ich hole Schutzhelme und Lampen, ihr beobachtet das Licht!«
»Alles klar!« Marie ließ das Licht nicht aus den Augen. Es bewegte sich immer weiter nach oben in die Berge. Dann erlosch es plötzlich.
Marie starrte in die Dämmerung. »Verdammt, er ist weg!«
»Wahrscheinlich ist er gerade in Nellis Kluft abgetaucht, um weiter darin zu plündern.« Kim sah nach hinten. »Da kommt Franzi mit der Ausrüstung. Wir können los!«
Vorsichtig und dennoch so schnell wie möglich stiegen sie den Pfad hinauf. Marie hörte Kim hinter sich leise keuchen. Tapfer hielt ihre Freundin das Tempo mit, das Franzi vorgab.
Zwanzig Minuten später beleuchtete Franzis Taschenlampe tatsächlich ein Paar Beine in Jeans und Wanderschuhen, das aus einer der Felsspalten herausragte! Dumpfes Klopfen und Scharren drang aus der Kluft.
Schwer atmend blieben die Detektivinnen stehen und sahen sich zufrieden an. Marie holte ein paar Male tief Luft, dann

bückte sie sich und zog kräftig am Hosenstoff. Sofort kam Bewegung in die Beine. Sirius rutschte aus der Felsspalte heraus und wandte sich hektisch um. Auf dem Hosenboden sitzend starrte er die Mädchen an, als sei ihm gerade ein Berggeist persönlich begegnet. »W… was macht ihr denn hier?«, stotterte er fassungslos.

Marie verschränkte die Arme vor der Brust. »Wir müssen mal ein Wörtchen mit einem Bergkristall-Dieb reden.«

Das ist richtig gruselig!

Detektivtagebuch von Kim Jülich
Samstag, 22:24 Uhr

Wir haben den Klüfte-Plünderer erwischt!!! Es ist Sirius, der Ex-Kameramann! Wir sind ihm vorhin in die Berge gefolgt und haben ihn auf frischer Tat ertappt. Leugnen war für ihn natürlich zwecklos, er hat sofort zugegeben, dass er seit mehreren Tagen immer nachts heimlich an der Kluft gräbt. Der Hammer ist allerdings: Er hatte es gar nicht auf die Bergkristalle abgesehen, jedenfalls nicht in erster Linie, sondern auf alte Fundstücke, die die schmelzenden Gletscher freigeben! Sirius hat von diesem Phänomen erfahren, als er vor einer Woche an einer Bergkristall-Wanderung teilgenommen hat, die Nelli regelmäßig für Touristengruppen anbietet. Sie hat den Leuten von dem alten silbernen Kreuz erzählt, das sie kürzlich gefunden hat.
Sirius hat sich sofort an die Legende vom Kirchendieb erinnert, die Gerda wohl schon mal im Arbeitsnest zum Besten gegeben hat. Er hat sich dann überlegt, dass das Kreuz ein Teil des verschollenen Kirchenschatzes sein könnte, und wollte den Rest suchen, um die Stücke auf dem Schwarzmarkt zu verkaufen.
Sein Job als Fotograf bringt ihm nämlich überhaupt nicht so viel Geld ein, wie er das dem Filmteam weismachen wollte. Er kann sich gerade so über Wasser halten. Hier in

der Schweiz hat Sirius zum Beispiel gar keine Naturaufnahmen von Murmeltieren gemacht, sondern für ein kleines Honorar Ferienwohnungen für einen Katalog fotografiert. Weil ihm langsam das Geld ausging, er aber unbedingt noch hierbleiben und weiter nach dem Schatz suchen wollte, hat er völlig dreist zwei große Bergkristalle von Nelli mitgenommen, um sie im Internet zu verschachern. Zum Glück hat er das noch nicht gemacht. Und wie gut, dass er auch keinen Kirchenschatz gefunden hat. Wenn es ihn überhaupt geben sollte, dann wäre das natürlich eine Sache für die Gletscher-Archäologen!

Sirius hat uns die Kristalle vorhin ausgehändigt und versprochen, dass er sich morgen bei Nelli entschuldigt. Sie wird ihm hoffentlich ordentlich die Meinung geigen! Er will dann gleich morgen abreisen. Angeblich hat er ein Angebot aus Berlin, das er nun annehmen will. Wer weiß, ob das stimmt. Ich glaube, diese ganze Sache ist ihm unglaublich peinlich und er will einfach nur noch weg von hier.

Es ist gut, dass wir den Bergkristall-Dieb so schnell dingfest machen konnten.

Was die merkwürdigen Vorkommnisse angeht, sind wir allerdings keinen Schritt weiter. Es ist in der letzten Zeit sogar noch mehr passiert. Das kann kein Zufall sein! Sirius war total geschockt, als wir ihm gesagt haben, dass wir ihm eigentlich gefolgt sind, weil wir den Verdacht hatten, dass er sich am Filmteam rächen will und es deshalb sabotiert. Sirius meinte, dass er zwar tatsächlich seinem Job als Kameramann nachtrauert, er aber deswegen niemals auf die Idee käme, sich an Leuten zu rächen und sie in Gefahr zu bringen. Es klang glaubhaft. Trotzdem weiß ich nicht, ob man Sirius wirklich trauen kann.

Dann hat er noch gesagt, dass er sich auch schon Gedanken über das Arbeitsnest gemacht hat. Er meint, dass sich vielleicht eine Person von außen auf das Gelände schleicht und diese Sabotageakte verübt. Er hat nämlich angeblich ein paar Mal, als er nachts von seinen Plündertouren zurückgekehrt ist, eine Gestalt hinten im Garten gesehen. Als er gerufen hat, ist sie abgetaucht. Ich weiß nicht, ob Sirius das erfunden hat, um von sich abzulenken. Wenn er aber die Wahrheit gesagt hat, dann besteht das Risiko, dass noch weitere schlimme Dinge passieren. Ich habe ein ungutes Bauchgefühl. Wir müssen die Augen offen halten!

Geheimes Tagebuch von Kim Jülich
Samstag, 23:35 Uhr

▸ Kleine Warnung: Hier ist zufällig eine Wildkamera übrig gewesen. Sie macht ab heute, gut versteckt, tolle Fotos von Tagebuch-Plünderern ... ◂
Ansonsten läuft es bei uns dreien gerade richtig gut! Holger wird schon morgen Nachmittag hier sein. Marie hat mit ihm ausgemacht, dass wir die Jungs nach dem Dreh im Dorf in der Eisdiele treffen. Ich freu mich so für Marie!
Franzi hat auch gute Nachrichten von Blake. Er ist gerade in der Reha, um seine Hand, die er sich bei einem Unfall verletzt hatte, wieder fit zu machen. Mittlerweile kann er sie schon richtig gut bewegen. Wenn Franzi daheim ist, können die beiden endlich wieder gemeinsam auf die Skaterbahn!
Und David ist ein Oberschatz! Er findet eine Liebesgeschichte als Fortsetzungsroman für die Jungendzeitschrift super. Mein Freund ist einfach der allerallerallersüßeste Junge der Welt!
Ich schicke dir eine Million Gutenachtküsse, liebster David!!!

Marie wurde am nächsten Morgen von leisem Getuschel geweckt. Sie blinzelte verschlafen zum gegenüberliegenden Bett, auf dem Kim und Franzi saßen und auf Kims Handy starrten.
»Das ist unglaublich!«, sagte Franzi leise.
Mit einem Schlag war Marie wach. Sie setzte sich kerzengerade auf. »Was ist los?«

»Guten Morgen!«, rief Franzi. »Kim konnte nicht mehr schlafen und hat im Internet nach dem Arbeitsnest gesucht. Auf einer Buchungsseite für Schweizer Unterkünfte gibt es dazu Beurteilungen von Gästen …«
»… und die sind in den letzten Monaten richtig schlecht gewesen!«, platzte Kim heraus.
Marie sprang aus dem Bett und lief zu ihren Freundinnen. »Lasst sehen!«
Kim rückte ein Stück zur Seite und hielt Marie das Handy hin. »Bis vor einem halben Jahr gab es nur Einträge, in denen das Arbeitsnest in den höchsten Tönen gelobt und anderen Gästen empfohlen wurde. Aber seit ein paar Monaten hat sich das geändert. Es gibt viele negative Kommentare und es scheinen viel weniger Gäste zu kommen.«
Marie setzte sich und überflog die letzten Einträge. »Das ist richtig gruselig! Mäuse- und Käferplagen, Unfälle auf dem Trimm-dich-Pfad wegen fehlender Schilder und beschädigter Turngeräte, Strom- und Wasserausfälle, verdorbenes Essen, verschwundene Gepäckstücke. Und es gab sogar einen Schwelbrand im Aufenthaltsraum und eine Überflutung der Waschküche!« Sie atmete scharf aus. »Das ist heftig. So viel zufälliges Unglück kann es überhaupt nicht geben. Das muss Sabotage sein! Und Daniel und Laura tun so, als sei nichts passiert.«
»Wir müssen sofort mit den beiden reden!«, rief Kim. »Sie sind bestimmt in der Küche und bereiten das Frühstück vor.«
In Rekordzeit putzten sich die Detektivinnen die Zähne und zogen sich an.

Kurze Zeit später betraten sie den Aufenthaltsraum, der still und verlassen dalag. Die Tür zur Küche war geschlossen.
»Daniel und Laura sind noch gar nicht da«, sagte Kim enttäuscht. Dann horchte sie auf. »Da sind Stimmen!«
Tatsächlich hörte Marie im nächsten Moment eine leise, aufgeregte Frauenstimme, die durch die Tür drang. Sie wurde lauter. Im nächsten Moment wurde die Tür geöffnet und Gerda stand neben ihnen.
»Ich habe einfach kein gutes Gefühl«, sagte sie mit bebender Stimme. »Es ist genau so, wie die Legende es beschreibt. Zuerst kommt die Ungeziefer-Plage. Dann wird der Geist noch Schlimmeres verüben! Und ihr wollt nichts dagegen unternehmen! Es bleibt dabei. Ich reise ab. Bitte macht meine Rechnung fertig!« Ohne die Mädchen zu bemerken, lief Gerda in den Garten hinaus.
Daniel erschien zusammen mit Laura in der Tür. »Bitte, Gerda!«, rief er. Doch Gerda drehte sich nicht mehr um.
»Verdammt!«
Laura legte Daniel einen Arm um die Schulter. »Ich fürchte, das musst du akzeptieren.«
Dann bemerkten die beiden die Mädchen. Daniel zuckte zusammen. Er ließ seine Hand, in der er ein Glas mit Schraubdeckel hielt, hinter seinem Rücken verschwinden.
Doch Marie hatte längst gesehen, was sich darin befand: eine große Kakerlake! »Hat Gerda sie gefunden?«
Daniel nickte langsam. »Aber, das ist …«
»Es gibt also sehr wohl ein Ungezieferproblem im Arbeits-

nest«, sagte Marie vorwurfsvoll. »Und nicht nur das! Hier passieren Dinge, die Menschen gefährden. Ihr habt damit seit Monaten Probleme. Wir wissen Bescheid, wir haben die Bewertungen im Internet gelesen.«

Daniel schluckte.

Laura senkte den Kopf und lief in den Aufenthaltsraum. »Ich mache die Rechnung fertig, bitte entschuldigt mich!«, rief sie über die Schulter zurück.

Daniel ging zur Tür, die in den Hinterhof führte, und stellte das Glas auf dem Boden ab. Als er sich wieder zu den Mädchen drehte, stand eine steile Sorgenfalte auf seiner Stirn. Er lehnte sich gegen die Anrichte und massierte seine Schläfen. Mit müden Augen erklärte er: »Ja, es stimmt. Und ich kann mir einfach nicht erklären, warum wir in der letzten Zeit so viel Pech haben. Es hatte alles so gut angefangen!« Er schlug mit der flachen Hand auf die Marmorplatte der Anrichte. »Es tut mir leid, dass ich euch nicht die Wahrheit gesagt habe. Aber ich hoffe so sehr, dass diese Phase bald ein Ende nimmt. Es kann doch nicht sein, dass hier so viel schiefläuft.« Er holte tief Luft, dann platzte es aus ihm heraus: »Wir haben kaum noch Buchungen, die Leute lassen sich von den negativen Bewertungen abschrecken. Aber die Kredite für den Umbau laufen weiter, ich muss die Raten bezahlen. Wir müssen einfach weitermachen und wieder neue Gäste gewinnen!« Daniel schüttelte verzweifelt den Kopf. »Ich will nicht aufgeben und nach Zürich zurückgehen. Das Arbeitsnest ist mein Leben!«

Marie räusperte sich. »Ihr müsst nicht aufgeben. Ihr müsst nur etwas unternehmen und nicht einfach den Kopf in den Sand stecken. Wenn hier weiterhin gefährliche Dinge passieren, werdet ihr niemals mehr neue Gäste bekommen.« Sie seufzte. »Und selbst ich glaube übrigens nicht daran, dass für all die Dinge ein Geist verantwortlich sein soll!«

»So ist es!«, rief Kim. »Hast du schon mal daran gedacht, dass ihr womöglich von jemandem sabotiert werdet?«

Daniel riss die Augen auf. »Bitte? Das kann ich nicht glauben. Wer sollte so etwas tun?«

»Was ist mit den Nonnen hier im Kloster?«, fragte Franzi. »Schwester Aloisia hat gesagt, dass ihre Mitschwestern sich durch deine Gäste gestört fühlen. Vielleicht wollen sie ...«

»Das kann nicht sein«, unterbrach Daniel sie sofort. »Außerdem hat der Wasserschaden damals auch den Keller des Nonnen-Wohntrakts betroffen. Und der Stromausfall hat sie ebenso beeinträchtigt.«

Franzi zuckte mit den Schultern. »Das könnten sie in Kauf genommen haben.«

»Wir müssen einfach mehr herausfinden«, sagte Marie. Sie sah Daniel ernst an. »Du weißt, dass wir Detektivinnen sind. Wir können für euch ermitteln!«

»Gut.« Daniel zog die leicht zerknitterte Visitenkarte des Detektivclubs aus der Hosentasche. »Eure Karte habe ich übrigens schon. Nelli hat sie mir gegeben, weil sie meinte, dass ich euch ansprechen soll. Sie findet auch, dass endlich etwas unternommen werden muss. Ich hatte sie gebeten, mit niemandem über unsere Schwierigkeiten zu reden. Aber sie sagt, dass sie nicht mehr gewillt ist, Gäste anzulügen und so zu tun, als sei alles in Ordnung.«

»Da hat sie allerdings recht!«, rief Kim.

Ein Räuspern drang von der Tür zu ihnen. Nelli war, von allen unbemerkt, zur Küche gekommen. »Tut mir leid. Ich habe eben unfreiwillig mitgehört.« Sie blickte zu Daniel. »Ich finde deine Entscheidung gut!«

Daniel nickte und sah auf seine Armbanduhr. »Bitte entschuldigt mich, ich muss die Lieferung vom Bäcker entgegennehmen. Und vielleicht kann ich noch mal mit Gerda reden.« Er nickte knapp und lief hinaus.

Nelli schaute in die Runde. »Wieder ein Gast, dem es reicht. Sirius hat mir übrigens gerade alles gebeichtet. Ich bin wirklich fassungslos.« Sie schüttelte den Kopf. »Vielen Dank, dass ihr ihn so schnell erwischt habt und er keinen Schaden mehr anrichten kann. Er ist gerade abgereist. »Ich hoffe, ihr könnt Daniel und Laura ebenfalls helfen. So kann es doch nicht weitergehen!«

»Wir werden unser Bestes geben«, versprach Franzi. »Nach unserem Einsatz heute beim Dreh haben wir viel Zeit zum Ermitteln.«

Marie spürte, dass sie unruhig wurde. Hoffentlich würde keine weitere unangenehme Überraschung auf das Filmteam und sie warten!

»Ich hoffe, dass alles gut geht«, murmelte Kim.

Sie schien Maries Gedanken gelesen zu haben.

Marie versteht die Welt nicht mehr

»Pass auf!«, rief Franzi und machte einen Schritt auf Marie zu. Es gelang ihr, den Blumenkranz, der ihrer Freundin beim fröhlichen Herumhüpfen aus dem Haar gerutscht war, kurz über dem Boden aufzufangen.

»Danke dir!«, sagte Marie, nahm den Kranz entgegen und setzte ihn sich lächelnd wieder auf. Sie machte ein paar weitere ausgelassene Tänzelschritte.

Kim grinste. »Ich bin auch verdammt froh, dass der Dreh so gut gelaufen ist!« Sie zupfte an der Schürze von ihrem Dirndl. »Ich müsste mal auf Toilette. Meinst du, ich kann die im Schauspieler-Wagen benutzen?«

Marie nickte. »Sicher.«

»Prima, bin gleich wieder da. Ich bringe unsere Taschen aus dem Van mit!«, rief Kim und verschwand.

»Super, danke!«

Franzi und Marie liefen zu dem geschmückten Brunnen und setzten sich auf den Rand.

Marie streckte ihre Hand ins kühle Wasser und blickte über den

Marktplatz. Die meisten Statisten, die das Festpublikum gespielt hatten, waren bereits gegangen. Helfer räumten die Gläser und Teller von den langen Biertischen ab und klappten die Bänke zusammen. Die Techniker bauten gerade die Schienen des Kamerawagens ab und Tessa verstaute mit ihrem Assistenten die Kameraausrüstung. In ihrem Gesicht standen Erleichterung und Freude.

Tom und ihr Vater liefen an ihnen vorbei und nickten ihnen anerkennend zu. »Das war wirklich perfekt«, hörte Marie den Regisseur sagen. »Wenn wir mit den anderen Szenen heute genauso schnell vorankommen, könnten wir insgesamt sogar einen Tag früher fertig werden. Dann haben wir die Mehrkosten, die gestern entstanden sind, wieder drin.« Er klatschte sich mit Helmut Grevenbroich ab.

Franzi blinzelte in der Sonne und zog ihr Hirtenkäppi tiefer ins Gesicht. Sie legte einen Arm um Maries Schulter. »Mann, bin ich erleichtert, dass beim Dreh nichts passiert ist!«

Marie nickte. »Das heißt natürlich nicht, dass komplette Entwarnung herrscht«, sagte sie nachdenklich. »Aber mit der Detektivarbeit befassen wir uns trotzdem erst später! Jetzt will ich einfach das schöne Gefühl auskosten, dass wir einen richtig guten Job gemacht haben. Die Szene war bei der dritten Aufnahme im Kasten, das war rekordverdächtig schnell.« Sie atmete tief ein und fühlte sich frei und erleichtert.

Marie sah zu den fünf Kühen, die in ihrer Nähe hinter dem Zaun im Schatten standen und gemächlich von einen großen Haufen Gras fraßen. Im Moment ging es ihr so gut, dass sie gar keine Angst mehr vor den Tieren hatte. Vielleicht lag das auch an ihrem neuen Talisman? Marie blickte zu ihrem Schürzenbund, an dem sie vor dem Dreh noch schnell die kleine Plüschkuh von Holger befestigt hatte. Ihr Herz begann vor lauter Vorfreude schneller zu klopfen. In weniger als einer Stunde waren sie schon mit Holger und Jakob in dem kleinen Eiscafé am Marktplatz verabredet!

»Du strahlst wie das Kristallherz der heiligen Anna«, sagte Franzi leise. »Du freust dich auf Holger, stimmt's?«

Marie nickte. »Und wie! Aber ich bin auch aufgeregt. Ich hoffe so, dass wir miteinander reden können und dass ich ihm das mit meiner Eifersucht endlich erklären kann.« Sie runzelte die Stirn. »Auch wenn ich es selber nicht verstehe.«

»Du schaffst das«, sagte Franzi ruhig. »Und zwar mit Holger zusammen. Wenn nicht ihr, wer dann!«

»Danke!« Marie gab Franzi ein Küsschen auf die Wange. Ein leises *Muh, I love you!* erklang.

Franzi nahm ihren Arm von Maries Schulter und sah überrascht an ihr herunter. »Wo kam das denn her?«

»Das war mein Glücksbringer. Holger hat ihn mir geschenkt!« Marie nahm die kleine Plüschkuh von ihrer Schürze ab und kitzelte Franzi damit an der Nase.

Franzi kicherte und stupste der kleinen Figur auf den Bauch. Erneut verkündete sie ihre Liebesbotschaft.

»Ist die niedlich!«, rief Franzi. »Lass uns ein Foto machen!« Sie zog ihr Handy aus der Hosentasche und rückte wieder dicht an Marie heran. Marie hielt die kleine Kuh zwischen ihre Köpfe

und sie deuteten beide mit gespitzten Lippen einen Kuss an. Franzi knipste eine Serie. Lachend betrachteten sie im Anschluss die Bilder.
»Da steckt ihr!«, rief plötzlich Kim. »Ich habe euch gesucht!« Sie stellte Maries Tasche und Franzis Rucksack auf dem Boden ab und wischte sich eine Schweißperle von der Stirn. »Ich könnte etwas zur Abkühlung vertragen. Wollen wir jetzt gleich in die Eisdiele gehen?«
Marie sprang auf und schnappte sich ihre Tasche. »Gute Idee. Vielleicht kommen Holger und Jakob ja auch schon früher an!«
Die Tische vor dem Eiscafé waren gut besetzt. Marie sah sich um, aber Holger und Jakob waren noch nicht da.
Franzi ergatterte den letzten freien Tisch für sie.
Kim nahm die Eis-Karte und begann mit leuchtenden Augen zu blättern. »Es gibt gemischte Freundschaftsbecher«, sagte sie schließlich. »Wollen wir einen für drei nehmen?«
Marie und Franzi nickten begeistert.
Die Bedienung kam an ihren Tisch und Kim gab die Bestellung auf.
Marie sah auf die große Uhr am Rathausturm. Sie zeigte Viertel vor vier. Ihr Herz begann schneller zu schlagen. Um vier wollten die Jungs kommen!
»Bist du schon aufgeregt?«, fragte Kim und lächelte Marie an.
»Klar!«, rief Marie und rutschte unruhig auf ihrem Stuhl hin und her.
Wenige Minuten später kehrte die Bedienung mit einem riesigen Glaskelch an ihren Tisch zurück. Unzählige große Eisku-

geln, gemischt mit Kirschen, Erdbeeren und Melonenstückchen, waren darin aufgetürmt. Über allem thronte eine Portion luftiger Schlagsahne, die mit jeder Menge Schokosoße und bunten Zuckerstreuseln verziert war.
Marie lief das Wasser im Mund zusammen.
Die Detektivinnen griffen gleichzeitig zu ihren Löffeln und machten sich über das Eis her. Eine Weile herrschte genussvolles Schweigen.
Schließlich lehnte sich Franzi zurück und rieb sich ihren Bauch. »Es ist superlecker. Aber ich kann nicht mehr.«
Kim zwinkerte ihr zu. »Kein Problem, ich erledige den Rest für dich.«
»Nur zu!« Franzi legte den Löffel zur Seite. »Sagt mal, was haltet ihr davon, wenn wir vor dem Abendessen zu Schwester Aloisia in den Klosterladen gehen und einen Schwatz mit ihr halten? Ich will mehr über sie und ihre Mitschwestern erfahren.«
Kim schleckte ihren Löffel ab. »Das machen wir.«
Marie nickte abwesend. Die Zeiger der Rathausuhr standen auf zwanzig nach vier. Von Holger und Jakob war nichts zu sehen.
Kim bemerkte Maries unruhigen Blick. »Die Jungs kommen bestimmt bald«, sagte sie. »Sie können sich bei einer kilometerlangen Tour ja auch ein bisschen verspäten.«
Marie zog ihr Handy aus der Tasche. »Vielleicht hat Holger mir eine Nachricht geschickt.« Im nächsten Moment zuckte sie zusammen. »Mist. Ich habe heute Morgen in der ganzen Aufregung vergessen, das Handy aufzuladen.«

»Keine Panik«, beruhigte Kim sie. »Du kannst meine Powerbank haben. Einen Moment.« Sie bückte sich zu ihrem Rucksack.
Ungeduldig wartete Marie, bis Kim den Zusatzakku und das Kabel gefunden und alles auf den Tisch gelegt hatte.
»Danke!« Marie schloss ihr Handy an und schaltete es ein. Die Nachrichtenanzeige blinkte. Holger hatte tatsächlich geschrieben! »Hoffentlich haben die beiden keine Panne gehabt«, murmelte Marie, während sie die Nachricht öffnete.
»Jetzt denk doch nicht so negativ!«, rief Franzi.
Marie sah auf das Display, auf dem ein Satz erschienen war:

Ich komme nicht, muss nachdenken.

Sie kniff die Augen zusammen und schüttelte den Kopf, als müsse sie ein Trugbild verscheuchen. Sie las die Nachricht erneut. Aber es blieb bei dem Satz. Plötzlich hörte Marie ein dumpfes Dröhnen in den Ohren, ihr Magen krampfte sich zusammen und sie konnte kaum noch atmen. Sie verstand die Welt nicht mehr.
»Was ist denn?«, erkundigte sich Kim besorgt. »Du bist ja ganz blass!«
Marie schob ihr und Franzi wortlos das Handy hin.
Ihre Freundinnen starrten auf den Text.
Franzi fand als Erste die Sprache wieder. »Was ist denn in Holger gefahren?«, rief sie aufgebracht. »Da würde ich sofort anrufen und ihm die Meinung geigen. Das ist eine Frechheit!«

Marie konnte keinen klaren Gedanken mehr fassen. Warum hatte Holger es sich plötzlich anders überlegt? Wieso hatte er überhaupt nicht mit ihr geredet? Was war mit ihrem Freund los? Sie tippte die Kurzwahltaste für seine Nummer und wartete. Die Mobilbox schaltete sich ein.

»Holger, was ist passiert? Ich verstehe überhaupt nichts mehr. Bitte ruf mich an«, brachte Marie atemlos hervor und legte auf. Sie starrte auf das Handy und spürte, wie ihr die Tränen in die Augen stiegen.

Würde sich Holger bei ihr melden?

Da tut sich was

»Ich kann das kaum aushalten«, sagte Marie mit belegter Stimme. »Gestern hat er noch geschrieben, dass er sich freut, weil wir uns bald sehen.«

Kim und Franzi sahen ratlos aus.

»Kannst du nicht Jakob fragen?«, schlug Franzi vor.

Marie schüttelte den Kopf. »Ich habe seine Nummer nicht.« Sie tupfte sich mit einem Taschentuch über die Augen und putzte sich die Nase. Dann sah sie wieder auf ihr Handy. Holger hatte nicht geantwortet. Egal, was ihm durch den Kopf gehen mochte – so konnte er doch nicht mit ihr umgehen! Doch ihre Wut verwandelte sich schnell in Angst. Was, wenn Holger einfach gemerkt hatte, dass ihm Marie mit ihrer Eifersucht zu anstrengend war? Dachte er womöglich über eine Trennung nach? Marie knüllte das Taschentuch in ihrer Faust zusammen und schüttelte den Kopf, um den schlimmen Gedanken zu vertreiben. So konnte es nicht weitergehen. »Leute!«, rief sie. »Ich muss etwas tun, sonst drehe ich durch. Ich kann doch nicht alle zwei Minuten auf mein Handy starren.« Marie überlegte kurz.

»Detektivarbeit ist immer die beste Ablenkung«, sagte sie schließlich. »Lasst uns zum Kloster zurückgehen und Schwester Aloisia auf den Zahn fühlen.«

Kim sah sie überrascht an. Dann aber nickte sie. »Okay!«

Marie bezahlte am Tresen im Café und sie brachen auf.

Während sie den steilen Treppenweg hinaufstiegen, der vom Dorf zum Klosterkomplex führte, krampfte sich Maries Hand um ihr Smartphone. Immer wieder warf sie einen Blick darauf. Aber Holger antwortete nicht.

Verschwitzt und außer Atem erreichten die Detektivinnen den kleinen Klosterladen.

Kim blieb stehen und stemmte die Arme in die Seiten. »Ich muss erst mal Luft schnappen. Ihr habt vielleicht ein Tempo vorgelegt!«

»Ich gebe dir als Entschädigung so viel Schoggi und Zückerli aus, wie du magst«, versprach Marie und steckte ihr Handy in die Hosentasche.

Kim grinste. »Das ist ein Wort.«

Als sie den Laden betraten, tippte Schwester Aloisia gerade an der Kasse. Vor dem Tresen stand Eric. Er hatte eine angebrochene Schokoladentafel in der Hand und kaute genussvoll. »Die ist einfach zu gut«, nuschelte er und zwinkerte den Mädchen zu. »Schicke Klamotten übrigens! Sieht so aus, als würdet ihr von eurem Dreh kommen. Hat alles gut geklappt?«

Kim lächelte. »Danke der Nachfrage, ja, alles war prima!«

Schwester Aloisia begrüßte die Mädchen. »Schön, dass ihr auch wieder vorbeischaut! Ihr müsst mir noch sagen, wann die

Folge ausgestrahlt wird, ich werde sie auf alle Fälle ansehen!«
Dann murmelte sie: »Zwei Mal Schoggi, ein Mal Zückerli. Macht drei Franken dreißig, unser Sonderpreis für Stammkunden.«
Eric griff in seine Hosentasche und zog den Geldbeutel hervor. Dabei machte er eine ungeschickte Bewegung, die Börse rutschte ihm aus der Hand und fiel auf den Boden. »Mist!«, sagte er leise und bückte sich.
Als Marie sich ebenfalls bückte, um eine davonrollende Münze einzufangen, fiel ihr Blick auf die aufgeklappte Börse. Ein Ausweis steckte darin. Das Foto zeigte einen Mann mit längeren blonden Haaren, ohne Brille, ohne Bart. Kurz bevor Eric den Geldbeutel aufhob, sah Marie den Namen auf dem Ausweis: *Förster, Hansrüedi.* Sie schluckte, klaubte das Geldstück auf und gab es Eric. Oder hieß dieser Mann in Wirklichkeit *Hansrüedi*?
Die Gedanken begannen in Maries Kopf zu kreisen.
Eric verabschiedete sich und Schwester Aloisia wandte sich den Mädchen zu. »Gleich beginnt das Abendgebet, ich fürchte, ich kann jetzt gar nicht mit euch schwatzen.«
Marie nickte hektisch. »Wir kommen morgen wieder. Ich nehme nur noch etwas Schokolade für meine Freundin mit!« Sie schnappte sich vier Tafeln aus dem Ständer, legte einen Geldschein auf den Tresen und zog Kim und Franzi unter den verwunderten Augen der Nonne aus dem Laden.
Draußen schüttelte Kim Maries Hand ab. »Was ist denn jetzt los?«, wollte sie empört wissen.

»Entschuldige«, murmelte Marie. »Ich bin gerade etwas durcheinander.« Sie drückte Kim die Schokolade in die Hand und sah Eric hinterher, der mit großen Schritten davonlief. »Ich glaube, er hat sein Äußeres verändert und verwendet einen falschen Namen. Oder er hat jemandem den Geldbeutel geklaut.«

»Wie bitte?« Kim sah Marie verdattert an. »Meinst du Eric? Wie kommst du denn darauf?«

Marie erzählte ihren Freundinnen, was sie gesehen hatte.

»Dann sollten wir wohl auch ein Auge auf Eric alias Hansrüedi Förster haben«, stellte Franzi fest. Sie zog ihr Smartphone hervor und begann zu tippen.

»Aber er und Fabian sind erst seit ein paar Tagen im Arbeitsnest. Für die Vorkommnisse in den letzten Monaten können sie nicht verantwortlich sein«, gab Kim zu bedenken.

»Stimmt schon«, murmelte Franzi und tippte weiter. Dann sah sie auf. »Ich kann unter den Namen Eric Leclerc und Fabian Brunner übrigens keinen Eintrag im Internet finden. Das ist für eine Webdesign-Firma doch seltsam. Gerade in dieser Branche haben alle eine Homepage und machen Werbung im Netz.«

Kim nestelte unruhig an den Schokotafeln in ihren Händen.

»Das ist in der Tat merkwürdig. Und was kommt unter *Hansrüedi Förster*?«

Franzi tippte erneut. Dann zuckte sie mit der Schulter. »Jede Menge Hansrüedis, die von Beruf Förster sind, aber einen anderen Nachnamen haben.«

Marie zupfte an ihrem Blumenkranz, den sie am Schürzenbund eingehängt hatte. »Wie auch immer, wir sollten den Mann heute Abend mal ein bisschen genauer ansehen.«
Franzi und Kim nickten.

Eine Stunde später fand das Abendessen in einer kleinen Runde am Steintisch neben der Grillstelle statt.
Helmut und Tessa waren nach den weiteren Dreharbeiten noch im Dorf geblieben und besprachen mit dem Filmteam den nächsten Drehtag. Marie hatte mit ihrem Vater telefoniert, es hatte zum Glück keine weiteren Vorkommnisse gegeben. Gerda und Sirius waren abgereist, außer den Mädchen waren somit nur noch die beiden Webdesigner als Gäste anwesend. Da Nelli ihren freien Abend hatte, hatten Daniel und Laura kleine Pfännchen mit Käse-Raclette vorbereitet, die auf dem Grill schmurgelten und einen appetitlichen Duft verbreiteten.
Marie löste eine goldgelbe, geschmolzene Käsescheibe aus ihrem Pfännchen und legte sie auf die Kartoffel auf ihrem Teller. Beim Griff zur Pfeffermühle schweifte ihr Blick zu ihrem Handy. Holger hatte sich immer noch nicht gemeldet. Dabei hatte sie ihm noch zwei Nachrichten geschickt und darum gebeten, dass er ihr erklären solle, was los sei. Sie fühlte sich vollkommen ausgelaugt und konnte sich nicht konzentrieren. Marie war froh, dass wenigstens ihre Freundinnen versuchten, die Ermittlungen voranzutreiben; sie unterhielten sich intensiv mit Eric und Fabian.

Schon bald jedoch verabschiedeten sich die beiden Männer. »Die Arbeit ruft!«, verkündete Eric. »Wir ziehen uns ins Studio zurück. Es wartet noch ein gehöriges Pensum auf uns!«
Nervös sah Marie den Männern nach, die in der Abenddämmerung verschwanden.
»Ich glaube, wir müssen hinterher!«, sagte Kim leise zu Daniel und Laura.
Die beiden sahen sie verwundert an.
»Detektivarbeit«, verkündete Kim und sprang auf.
Sie folgten den Männern.
Marie stellte überrascht fest, dass die beiden tatsächlich über die Terrassentür in ihr Studio schlüpften. Das Licht wurde eingeschaltet und der Vorhang vorgezogen. Die Silhouetten der Männer waren hinter dem dünnen Stoff gut zu erkennen. Sie setzten sich an den Tisch vor dem Fenster neben der Terrassentür und verharrten in gebeugter Haltung. Offensichtlich saßen sie vor ihren Laptops.
Die Detektivinnen zogen sich hinter einen Rosenbusch in der Nähe zurück.
»Das mit der Arbeit scheint zu stimmen«, stellte Kim fest.
»Ich finde allerdings, dass die beiden unseren Fragen nach ihrem Beruf ziemlich ausgewichen sind.« Franzi schüttelte den Kopf. »Das Gerede davon, dass sie nichts erzählen dürfen, weil sie eine Verschwiegenheitsklausel unterschrieben haben, kommt mir seltsam vor.«
Kim zuckte mit den Schultern. »Ich kenne mich da nicht aus.«
»Ich bin jedenfalls dafür, dass wir sie eine Weile beobachten.«

Marie setzte sich ins Gras und sah durch die Rosenranken zu den Schatten hinter dem Vorhang.
Kim und Franzi setzten sich neben sie.
Von der Grillstelle her waren leise Stimmen und Klirren zu hören. Daniel und Laura brachten das Geschirr in die Küche. Nach einigen Minuten erklang das surrende Geräusch der Terrassentür vom Aufenthaltsraum, die zugeschoben wurde. Danach lag der Garten in vollkommener Stille.
»Meint ihr, das bringt etwas?«, flüsterte Franzi. Es raschelte, während sie eine andere Sitzposition suchte.
»Lass uns wenigstens eine halbe Stunde warten«, bat Marie. Sie musste zugeben, dass ihr im Moment jede Ablenkung recht war, die sie daran hinderte, schon wieder auf ihr Handy zu sehen.
Franzi nickte stumm. Sie schien zu ahnen, was in Marie vorging.
Eine ganze Weile geschah nichts.
Doch plötzlich kam Bewegung in die Schatten im Studio.
»Da tut sich was«, zischte Kim.
Die Männer waren aufgestanden.
Maries Herz begann zu klopfen. »Ich laufe zum Flur und verfolge sie, wenn sie aus dem Studio kommen!« Sie sprang auf. »Ich rufe euch dann auf dem Handy an.«
»Warte«, flüsterte Franzi und stand auf. »Sie kommen in den Garten.«
Die Detektivinnen zogen sich ein Stück weiter hinter den Rosenbusch zurück.
Eric und Fabian sahen sich schnell um und liefen los. Sie kamen

dicht an dem Busch vorbei, hinter dem die Detektivinnen verborgen waren.
»Ich denke, heute schaffen wir es«, sagte Eric leise zu Fabian.
Maries Herz begann zu rasen. Was hatten die Männer vor?
Sie nickte Kim und Franzi zu.
Vorsichtig verfolgten die Detektivinnen Eric und Fabian weiter.

Immer wieder neue Überraschungen

Die Männer schlichen bis zum hinteren Teil des Gartens. Auf Höhe des alten Steinhäuschens verlangsamten sie ihre Schritte und sahen sich erneut um. Marie zog Kim und Franzi zu einem der Bäume mit den dicken Stämmen und knorrigen Ästen.

»Wollen sie in die Berge?«, zischte Franzi. »Sind das etwa auch Klüfte-Plünderer wie Sirius?«

Im nächsten Moment verschwanden die Männer hinter dem Häuschen.

Als die Detektivinnen dort ankamen und vorsichtig um die Ecke lugten, war niemand mehr zu sehen. Doch kurz darauf bemerkte Marie eine Tür auf der Rückseite des Häuschens. Die Tür stand einen Spalt offen.

»Sie sind dadrin«, flüsterte sie ihren Freundinnen zu.

Vorsichtig schlichen sich die Detektivinnen zum Türspalt und sahen hindurch.

Im Inneren des Steinhäuschens war ein großer Haufen Bauschutt gelagert, der bis fast unter die Decke reichte. Auf der linken Seite war ein Weg freigeräumt, der mehrere Meter an der

Wand entlangführte und weiter hinten an weiterem Schutt endete. Dort standen Eric und Fabian und griffen gerade zu zwei Schaufeln, die an der Wand lehnten. Die Männer trugen Stirnlampen, deren Lichtstrahlen über die Wände und den Schuttberg zitterten. Eric und Fabian begannen Steinbrocken und zerbrochene Ziegel wegzuschaufeln und auf den Haufen rechts von ihnen zu werfen. Sie arbeiteten schnell und fieberhaft.
Die Detektivinnen sahen sich überrascht an.
»Was soll das werden?«, fragte Franzi leise.
»Ich schätze, sie wollen etwas ausgraben.« Kim zupfte an ihrer Lippe. »Warten wir es ab. Sie haben sich ja schon ein großes Stück vorgearbeitet.«
»Wie kommt überhaupt so viel Bauabfall in dieses Häuschen?«, flüsterte Marie.
Kim zuckte mit den Schultern. »Das wüsste ich auch gerne.«
Schweigend beobachteten sie die Männer weiter.
Nach einer Weile hielt Marie es nicht mehr aus. Sie zog sich ein Stück zurück und lehnte sich an die raue Steinwand. Rasch warf sie einen Blick auf ihr Handy. Enttäuscht steckte sie es in die Hosentasche zurück. Holger hatte nicht geschrieben.
Plötzlich war ein leiser Schrei aus dem Häuschen zu hören. Marie drängte sich neben Kim und Franzi zum Türspalt. Die Männer hatten den hinteren Teil der Wand freigelegt. Eine Öffnung, die wohl zu einem alten Kamin gehörte, war sichtbar geworden! Fabian ließ die Schaufel fallen und bückte sich. Er verschwand halb in dem Schacht und tauchte kurze Zeit später wieder auf. In seinen Händen hielt er eine verstaubte Sport-

tasche. Er hielt sie hoch über seinen Kopf und lachte Eric aus einem vor Schweiß glänzenden Gesicht begeistert an. »Sie sind noch da!«

Die Männer fielen sich in die Arme und klopften sich gegenseitig auf den Rücken. Staubwolken stiegen auf.

»Oh Mann!«, sagte Eric. »Ich hatte schon befürchtet, die Idioten, die hier das ganze Zeug reingeschüttet haben, hätten die Tasche womöglich entdeckt.«

Fabian wischte sich mit dem Unterarm Schweiß und Schmutz aus dem Gesicht. »Jetzt wird alles gut. Komm!«

Die beiden setzten sich in Bewegung. Die Detektivinnen schafften es in letzter Sekunde, sich auf die andere Seite zurückzuziehen, bevor Eric und Fabian aus der Tür traten. Sie hatten offensichtlich ihre Stirnlampen ausgeschaltet.

Marie brauchte eine Weile, um die Gestalten in der Dunkelheit ausfindig zu machen. Sie liefen mit großen Schritten in Richtung des vorderen Gartens zurück.

Vorsichtig folgten die Detektivinnen ihnen.

Eric und Fabian steuerten die Terrasse ihres Studios an, Eric riss die Tür auf und die beiden verschwanden im Zimmer. Mit leisem Klacken schloss sich die Tür wieder, der Vorhang wurde vorgezogen. Dabei verschob sich der Teil des Vorhangs, der das Fenster daneben verdeckt hatte, ein Stück.

»Los!«, flüsterte Franzi. »Das Fenster ist gekippt und es gibt einen Spalt im Vorhang!«

Mit klopfendem Herzen folgte Marie ihren Freundinnen, die in gebückter Haltung zum Fenster schlichen.

Sie knieten sich hin und lugten durch den Spalt im Vorhang. Fabian stand mit dem Rücken zum Fenster vor einem der Betten. Darauf lag die Tasche. Er griff hinein und zog etwas hervor. Dann drehte er sich zu Eric um.
Marie sah, dass Fabian eine weiße, edel aussehende Schachtel in der Hand hielt. Hastig riss er den Deckel herunter, nahm etwas heraus und sah glücklich darauf. Es war eine goldglänzende Armbanduhr mit großem Gehäuse und einem dicken gewölbten Glas über dem Ziffernblatt. Das Armband war mit weißen glitzernden Steinen besetzt. Vorsichtig schüttelte Fabian die Uhr.
»So eine habe ich in einem Katalog in der Uhren-Werkstatt von meinem Vater gesehen«, flüsterte Kim. »Die ist von einem bekannten Schweizer Hersteller. Ich habe den Namen vergessen, aber diese Uhren sind wahnsinnig teuer.«
Im nächsten Moment verzog Fabian das Gesicht. »Das Ding läuft nicht an!« Seine Worte waren leise, aber deutlich verständlich durch den Fensterspalt zu hören. Er schüttelte die Uhr fester. »Immer noch nicht. Was soll das? Die sind doch mit Automatik-Aufzug, oder muss ich noch an dem Rädchen da drehen?«
Eric zuckte mit den Schultern. »Keine Ahnung. Mach mal.«
Fabian zwirbelte hastig das kleine Rädchen an der Seite des Gehäuses zwischen den Fingern.
Kim verzog das Gesicht. »Autsch«, flüsterte sie. »Das tut solchen Uhren nicht gut. Sie ziehen sich von selbst auf, wenn sie am Handgelenk bewegt werden.«

»Da tut sich nichts.« Fabian warf die Uhr aufs Bett, holte einen weiteren Karton aus der Tasche und öffnete ihn. Eine Uhr mit einem breiten silbernen Gliederarmband kam zum Vorschein. Er schüttelte sie. »Die geht auch nicht mehr!«, rief Fabian erbost. Er griff erneut in die Tasche.
Eric sprang zu ihm und holte ebenfalls eine Schatulle aus der Tasche. Nachdem er eine rotgoldene Armbanduhr daraus entnommen und geschüttelt hatte, rief er: »Das gibt's doch nicht!«
Die Männer rissen Schachtel um Schachtel auf, schüttelten Uhren und sahen sich schließlich verzweifelt an.
»Die gehen alle nicht!«, rief Fabian. »Mist! Die können wir nirgendwo mehr verkaufen.« Er ließ sich neben der Tasche auf das Bett fallen und raufte sich die Haare. »Was machen wir jetzt?«
Eric begann im Zimmer umherzulaufen. »Vielleicht können wir die Uhren an jemanden verscherbeln, der Ersatzteile braucht?« Er blieb stehen. »Dann haben wir wenigstens etwas Geld und können einen Teil der Schulden zurückzahlen. Und dann sehen wir weiter.«
Fabian nickte und stand. »Ich rufe an und sage Bescheid.« Er ging zum Tisch vor dem Fenster.
Die Detektivinnen tauchten ab und pressten sich gegen die Hauswand. Mit angehaltenem Atem lauschten sie.
Eine Weile war nichts zu hören. Marie befürchtete bereits, dass die Männer sie entdeckt hatten und gleich das Fenster aufreißen würden.
Im selben Moment sagte Fabian: »Reto hier. Etwas ist schief-

gelaufen. Wir können nur einen Teil zahlen. Für den Rest brauchen wir mehr Zeit.« Wieder herrschte Schweigen. Dann sagte er mit belegter Stimme: »Vier Tage. Und dann alles. In Ordnung.«

Marie hörte, wie sich Schritte vom Fenster wegbewegten. Sie richtete sich vorsichtig auf und spähte erneut durch den Vorhangspalt. Die Männer saßen neben den angehäuften Schachteln und Uhren auf dem Bett und starrten auf den Boden. Marie zog ihr Handy hervor und schoss blitzschnell ein Foto.

»Vier Tag nur! Wir müssen uns etwas einfallen lassen!«, rief Eric. Er kämmte mit den Fingern fahrig durch seinen Bart. »Die machen sonst was mit uns, wenn wir nicht zahlen.«

Fabian fuhr sich mit beiden Händen durch die Haare. »Hier finden sie uns zumindest nicht.«

»Schon klar.« Eric stand auf. »Obwohl ich am liebsten sofort von hier wegwill. Das mit den Mäusen ist ekelhaft. Schaben gibt es auch, die Künstlerin hat mir heute Morgen eine gezeigt! Dieser Daniel hat seinen Laden einfach nicht im Griff!«

Fabian starrte Eric an und zuckte mit den Schultern. »Als ob das unser größtes Problem wäre.«

Eric schlug mit der flachen Hand gegen die Wand. »Du hast ja recht. Also, was machen wir?«

»Keine Ahnung, ich muss nachdenken.« Fabian raffte die Uhren und Schachteln zusammen und ließ sie in die Tasche fallen. Dann nahm er die Tasche und schob sie unter das Bett. Schließlich steuerte er wieder auf das Fenster zu. Die Detektivinnen tauchten ab.

»Zuerst müssen wir einfach mal runterkommen«, sagte er. Ein Scharren erklang, offensichtlich schob er gerade einen Stuhl zurecht. »Ich brauche ein paar Runden Online-Poker.«
»Ich auch«, war Eric zu vernehmen. Erneut erklang ein Scharren. Wahrscheinlich setzte er sich gerade neben Fabian vor seinen Laptop.
Die Detektivinnen sahen sich an.
»Ich muss jetzt auch erst mal runterkommen und nachdenken«, flüsterte Kim. »Rückzug und Besprechung, würde ich sagen!«
Marie und Franzi nickten.
Auf allen vieren krochen die Detektivinnen bis zu dem Rosenbusch vor der Terrasse und richteten sich dahinter auf. Marie warf einen Blick zum Studio der Männer. Die Silhouetten waren hinter dem Vorhang wieder gut zu erkennen. »Es gibt immer wieder neue Überraschungen«, sagte sie fassungslos.
Schnell liefen sie durch die Dunkelheit zum Haupteingang des Arbeitsnests. Kim gab den Code für die Nachtöffnung ein und sie schlüpften in die Eingangshalle.

Detektivtagebuch von Kim Jülich
Sonntag, 22:58 Uhr

Im Fall der Sabotageakte auf das Arbeitsnest sind wir immer noch nicht weitergekommen. Dafür haben wir, nach Sirius, dem Klüfte-Plünderer, einen erneuten Zufallsfund gemacht! Wir haben zwei Kriminelle, nämlich die beiden angeblichen Webdesigner Eric und Fabian, alias Hansrüedi Förster und Reto (Nachname noch unbekannt), dabei beobachtet, wie sie Beute aus einem Versteck geholt haben! Marie hat ein Beweisfoto gemacht. Wir haben vorhin beschlossen, dass wir morgen früh die Polizei informieren.

Die Hintergründe kennen wir zum Teil auch schon, weil wir vorhin recherchiert und einen Zeitungsartikel im Netz gefunden haben! Darin wurde von einem Raubüberfall auf einen Juwelier in Zürich vor zwei Jahren berichtet, bei dem Uhren im Wert von über einer halben Million Franken erbeutet wurden. Die Täter, zwei Kleinkriminelle mit Verbindungen in die illegale Glücksspielszene, wurden drei Tage nach der Tat gefasst und zu einer Gefängnisstrafe von zwei Jahren verurteilt. Die Beute aber blieb verschwunden. Die Männer gaben damals an, dass sie die Uhren im Zürichsee versenkt hätten.

Man braucht nur eins und eins zusammenzuzählen: Eric und Fabian müssen diese Uhrenräuber sein! Sie haben die Beute vor zwei Jahren gar nicht im See versenkt, sondern hier im Steinhäuschen versteckt, bevor sie geschnappt wurden und zwei Jahre im Gefängnis verbracht haben. Und jetzt wollten sie sie wiederholen, um sie zu verkaufen und Spielschulden zu begleichen. Die Schuldner müssen unangenehme Typen sein, jedenfalls waren Eric und Fabian ziemlich verzweifelt darüber, dass die Uhren alle kaputt und daher kaum noch zu verkaufen sind. Automatikuhren dürfen niemals längere Zeit unbewegt daliegen! Das hat mir Papa erzählt. Die empfindlichen Zahnräder im Uhrenwerk verkleben nämlich schnell und dann ist die Uhr hinüber. Zwei Jahre Liegezeit hat die Beute von Hansrüedi und Reto also zunichtegemacht.

Was mir noch unklar ist: Warum haben diese Männer die Beute ausgerechnet hier im Steinhäuschen versteckt? Und wieso ist der ganze Schutt im Steinhäuschen gewesen?

Ich bin hundemüde und kann jetzt nicht mehr klar denken. Morgen sehen wir weiter. Vielleicht erfahren wir mehr, wenn wir mit jemandem von der Polizei sprechen?

Geheimes Tagebuch von Kim Jülich

Sonntag, 23:47 Uhr

► Lesen für alle, die nicht Kim Jülich heißen, verboten!!! Die Überwachungskamera ist übrigens immer noch aktiv. Ich komme demnächst auf dich zu und würde mich gerne mal mit dir unterhalten! ◄

Marie wälzt sich gerade im Schlaf hin und her. Eben hat sie zwei Mal »Holger« gemurmelt. Sie tut mir so leid! Ich weiß nicht, was in ihn gefahren ist.

Wenn ich nur wüsste, wie ich helfen kann?!?!

Wir haben St. Anna!

Ein Sonnenstrahl, der durch einen Spalt im Vorhang fiel, weckte Marie am nächsten Morgen aus ihrem unruhigen Schlaf. Sie war sich sicher, dass sie von Holger geträumt hatte, und versuchte sich an Einzelheiten zu erinnern. Aber sie wollten ihr nicht mehr einfallen.

Müde sah Marie zu den Betten rechts und links von ihr. Kim und Franzi schliefen noch wie die Murmeltiere. Marie rollte zur Seite und griff nach ihrem Handy. Ein leises *Muh, I love you!* erklang. Marie zuckte zusammen. Sie zog die kleine Plüschkuh, die sie gestern Abend neben sich auf das Kopfkissen gelegt hatte, unter der Bettdecke hervor. Mit einem traurigen Gefühl strich sie über das weiche Fell und legte die Figur auf dem Tisch neben dem Bett ab. Der Blick aufs Handy verriet ihr, dass es nicht ganz halb sieben war. Ein weiterer Blick, dass Holger immer noch nicht geantwortet hatte.

Maries Gaumen fühlte sich trocken an. Sie tastete nach der Wasserflasche neben dem Bett, doch sie war leer. Marie warf die Decke zurück und stand leise auf. Schnell schlüpfte sie in ihre

Ballerinas, zog sich einen Kapuzenpulli über und nahm ihren Geldbeutel vom Tisch. Dann schlich sie hinaus, um sich am Getränkeautomaten eine Flasche Wasser zu ziehen.
Während Marie durch den Flur zum Aufenthaltsraum ging, wurde ihr plötzlich wieder bewusst, was sie gestern Nacht entdeckt hatten. Gleich nachher würden sie der örtlichen Polizei und Daniel und Laura Bescheid geben. Es war schon unglaublich, was ihre Ermittlungen bereits zutage gefördert hatten. Allerdings waren sie bei den Sabotageakten bislang kein Stück vorangekommen. Zum Glück hatte es keine weiteren Vorfälle gegeben. Bislang jedenfalls.
Kurz vor der Tür zum Aufenthaltsraum hörte Marie plötzlich eine aufgeregte Stimme. Sie beschleunigte ihre Schritte.
Schwester Aloisia stand zusammen mit Daniel und Laura an der Glasfront zur Terrasse. Sie hatte rote Wangen und sprach, heftig gestikulierend, auf die beiden ein. Das kleine Holzkreuz an ihrer Rosenkranzkette hüpfte bei jeder Armbewegung auf und ab. Als die Nonne Marie sah, hob sie beide Arme und rief: »Kind, stell dir vor: unsere heilige Anna ist verschwunden!«
Marie blieb verwirrt mitten im Raum stehen. Sie brauchte einen Moment, um zu verstehen, was Schwester Aloisia eben gesagt hatte. Dann fiel der Groschen bei ihr. »Die Wunderfigur!«
Die Nonne nickte. »Sie wurde gestohlen! Ich habe es vorhin nach dem Morgengebet entdeckt, als ich frische Rosen in die Kapelle gebracht habe.«
Marie fehlten die Worte.

Daniel räusperte sich. »Oberschwester Benedikta scheint zu glauben, dass einer unserer Gäste für den Diebstahl verantwortlich ist.«

Schwester Aloisia nickte. »So hat sie sich geäußert. Aber das muss natürlich die Polizei klären. Ich habe sie schon informiert.« Sie zupfte an ihrem Schleier. »Ich wollte Daniel und Laura nur darüber in Kenntnis setzen, dass eventuell Polizeibeamte vorbeikommen und ihre Gäste befragen wollen.« Sie seufzte. »Wobei das dauern kann. Mir wurde gesagt, dass wegen einer Großdemonstration in Zürich zahlreiche Polizisten aus dem Umland dorthin beordert wurden.«

Laura strich über ihren bandagierten Arm und sah Daniel aus großen Augen an. »Ein Diebstahl! Dass nun auch noch so etwas passieren muss.«

»Ich muss weiter«, erklärte Schwester Aloisia. »Ich werde eine Absperrung an der Kapelle anbringen, damit keine Spuren vernichtet werden, bis die Kripo kommt.«

Verblüfft sah Marie der Nonne hinterher, die in der Küche verschwand und durch den Hinterausgang auf den Hof schlüpfte.

Daniel raufte sich die Haare. »Was ist hier bloß los?«

»Das werden meine Freundinnen und ich herausfinden!«, sagte Marie schnell. »Bitte entschuldigt mich, ich muss ihnen Bescheid geben!«

Als Marie das Studio betrat, waren Kim und Franzi bereits wach. Beide hatten zerzauste Haare, trugen, wie Marie, Pullis über ihren Schlafshorts und waren gerade dabei, in ihre Turnschuhe zu steigen.

»Wo warst du?«, rief Kim aufgeregt. »Wir wollten gerade nach dir suchen!«

Franzi ließ sich auf einen Stuhl fallen und schüttelte den geschnürten Sneaker wieder ab, in den sie ihren Fuß hatte zwängen wollen. »Ich habe im Halbschlaf mitbekommen, dass du rausgegangen bist, und dachte, du holst dir was zu trinken. Als du nicht zurückgekommen bist, habe ich mir Sorgen gemacht.« Sie sah Marie vorwurfsvoll an. »Was hast du gemacht?«

Marie stemmte die Arme in die Seiten. »Ihr glaubt es nicht! Die Heiligenstatue mit dem Kristallherz ist aus der Kapelle verschwunden!«

»Was?« Kim blieb der Mund offen stehen.

Marie nickte. »Schwester Aloisia hat es gerade erzählt. Wir müssen uns sofort die Kapelle ansehen!« Sie blickte Kim und Franzi an und sah dann an sich herunter. »Aber vorher ziehen wir uns etwas Richtiges an und machen eine Katzenwäsche.« Sie zog eine Augenbraue hoch. »So viel Zeit muss sein.«

Eine halbe Stunde später eilten die Detektivinnen durch den Aufenthaltsraum in Richtung Küche, um den Weg über den Hinterhof zum alten Klostertrakt zu nehmen.

Tessa und Helmut saßen mit verschlafenen Gesichtern an einem der Tische und rührten in ihren Kaffeetassen.

»Guten Morgen!«, rief Maries Vater. »Wir haben gehört, was passiert ist. Ich nehme an, ihr seid unterwegs zur Kapelle?«

Marie blieb stehen. »Guten Morgen! Genauso ist es.«

»Dann viel Glück!«, antwortete ihr Vater. Er schüttelte un-

merklich den Kopf und murmelte: »Dieser Ort scheint ein Eldorado für Detektivinnen zu sein.«
»So kann man das natürlich auch sehen«, erwiderte Marie und lächelte schwach. »Euch viel Glück beim Dreh nachher! Bitte pass bei der Kletterszene auf dich auf!«
»Danke!« Helmut trank einen Schluck Kaffee. »Mach dir keine Sorgen. Tom hat ein neues Seil besorgen lassen und es bei sich im Zimmer unter Verschluss gehalten.«
Marie nickte. »Das ist gut!«
Tessa winkte. »Seid bei euren Ermittlungen bitte vorsichtig!«
»Wird gemacht!«, rief Marie und zog Kim und Franzi mit sich.
In der Küche stand Nelli vor dem gusseisernen Herd und rührte in einem kleinen Topf mit heißer Schokolade. Sie begrüßte die Mädchen. »Guten Morgen, ihr drei! Schlimm, dass es jetzt auch noch diesen Kirchendiebstahl gibt! Was ist hier bloß los?!«
Marie runzelte die Stirn. »Ich hoffe wir finden es heraus!«
Sie überquerten den Hinterhof der Küche und liefen schnell durch den Kreuzgang bis zum alten Klostertrakt.
Als die kleine Kapelle in Sicht kam, erkannten sie, dass die Eingangstür zwar offen stand, jedoch ein breites Band aus goldfarbenem Stoff davor gespannt war, an dem ein Schild hing. Beim Näherkommen entzifferte Marie die mit blauer Tinte geschriebene schwungvolle Aufschrift. »*Tatort! Zutritt nur für die Polizei!*«, las sie vor und musste lächeln. »Vielleicht sollten wir Schwester Aloisia im Klosterladen Bescheid geben, dass wir uns ganz vorsichtig umsehen und keine Spuren vernichten werden?«

»Sie ist aber nicht da.« Kim wies zur Tür des kleinen Lädchens. »Da hängt ein Schild. Der Klosterladen ist geschlossen.«
Marie zuckte mit den Schultern. »Na, dann!« Sie schlüpfte unter dem Band durch und betrat die Kapelle.
Kim und Franzi folgten ihr.
Die Stille und das magische Licht der bunten Mosaikfenster zogen Marie sofort wieder in den Bann. Langsam lief sie an den Gebetsbänken vorbei bis zu der Nische, in der die Statue der heiligen Anna gestanden hatte.
Die Kerzen waren erloschen, die Rosenblüten in den beiden Vasen verwelkt. Am Boden vor der Wandvertiefung stand ein Korb mit frisch geschnittenen Blütenranken. Schwester Aloisia musste ihn vor lauter Schreck nach der Entdeckung des Diebstahls dort stehen gelassen und vergessen haben.
Marie seufzte. Der Anblick der leeren Nische mit den verwelkten Blüten machte sie traurig. Sie musste an Holger denken und schluckte.
Kim räusperte sich. »Ich schlage vor, wir gehen den gesamten Mosaikboden ab. Der Täter oder die Täterin könnte etwas verloren haben, das man nur bei genauem Hinsehen zwischen diesen kleinen bunten Steinchen entdeckt.«
Franzi nickte. Sie schaltete die Taschenlampe an ihrem Handy ein und leuchtete auf den Boden. »So geht es noch besser!«
Marie aktivierte ebenfalls ihre Handylampe.

Eineinhalb Stunden später sahen sich die Detektivinnen enttäuscht an. Sie hatten rein gar nichts gefunden!

Marie schlüpfte hinter Kim und Franzi unter dem goldenen Band ins Freie. Von der strahlenden Vormittagssonne geblendet, blinzelten die Mädchen sich an.
»Mist!«, sagte Kim. »Was machen wir jetzt?«
Bevor Marie oder Franzi antworten konnten, erschallte eine durchdringende, metallisch klingende Stimme von der Kirche her. »Das Betreten der Kapelle ist verboten!«
Marie fuhr herum. Sie sah eine hochgewachsene hagere Nonne auf sie zueilen.
»Oberschwester Benedikta«, stellte sich die Frau vor. »Ihr dürft hier nicht hinein!«
Marie lächelte freundlich. »Natürlich. Das haben wir bereits aus dem Schild geschlossen, das Schwester Aloisia vor dem Eingang befestigt hat.«
Die Nonne zog die Augenbrauen hoch. »Ihr kennt Schwester Aloisia? Dann seid ihr Gäste im Arbeitsnest!«
Die Detektivinnen nickten gleichzeitig.
»Wisst ihr, wo sie ist?«, erkundigte sich die Oberschwester nervös. »Ich habe sie nach dem Morgengebet und unserem Gespräch über den schrecklichen Diebstahl nicht mehr gesehen. Im Garten ist sie nicht. Und den Klosterladen hat sie auch nicht aufgesperrt. Das ist absolut ungewöhnlich. Schon manches Gebet mag sie verabsäumt haben. Den Klosterladen lässt sie niemals im Stich!«
»Ich habe sie gegen sieben Uhr im Aufenthaltsraum des Arbeitsnests gesehen, als sie von dem Diebstahl der Heiligenfigur erzählt hat«, antwortete Marie.

Oberschwester Benedikta fächelte sich mit einem Papier Luft zu. »Wo kann sie nur sein? Ich hoffe, es ist nichts passiert. Hier gehen gerade merkwürdige Dinge vor sich.«
Marie sah die Nonne fragend an.
Im selben Moment entglitt der Frau das Papier und segelte zu Boden.
Marie bückte sich und hob es auf. Kurz schweifte ihr Blick über den Text, der in dicken Druckbuchstaben darauf stand. Sie erstarrte.

WIR HABEN ST. ANNA!
20.000 CHF, HEUTE, 19:00 UHR,
IM LIFT ZUR KLOSTERALMHÜTTE!
DANACH ERFOLGT WEITERE INFO.
KEINE POLIZEI! SONST IST ST. ANNA VERLOREN!

»Eine Lösegeldforderung!«, rief Marie. Sofort versuchte sie, das Blatt vorsichtig zwischen Daumen und Zeigefinger an einer Ecke zu halten, um keine Fingerabdrücke zu verwischen.
Oberschwester Benedikta nickte. »Ich habe sie vorhin an der Tür zu unserem Speisesaal gefunden. Zwanzigtausend Schweizer Franken! Das ist unglaublich. Wer denkt, dass unser Orden so viel Geld bezahlen könnte?« Sie biss sich auf die Lippe. »Hoffentlich ist unsere heilige Anna nicht auf immer verloren! Ich habe gerade der Polizei Bescheid gegeben. Es wird wohl hoffentlich endlich jemand kommen und etwas unternehmen!«

Ein durchdringender Geruch stieg Marie plötzlich in die Nase. Sie schnupperte an dem Papier.
»Es riecht parfümiert«, bestätigte Schwester Benedikta. »Was auch immer das zu bedeuten hat.«
Marie wurde es siedend heiß. An diese Duftnote konnte sie sich sehr gut erinnern. Genauso roch das aufdringliche Rasierwasser von Eric alias Hansrüedi! Das konnte doch kein Zufall sein.
Augenblicklich begann sich ein Gedankenkarussell rasend schnell in Maries Kopf zu drehen.

SOS

»Das ist das Rasierwasser, das Hansrüedi in rauen Mengen benutzt!«, rief Marie. »Er und Reto haben das Erpresserschreiben verfasst!«

Franzi zupfte aufgeregt an einem ihrer Zöpfe. »Du hast recht! Jetzt erinnere ich mich auch an den Geruch. Und wir wissen, dass die beiden dringend Geld brauchen.«

»Hansrüedi und Reto haben die heilige Anna gestohlen und erpressen das Kloster«, fasste Kim zusammen. »Wir hätten schon gestern Nacht der Polizei Bescheid geben müssen, dann wäre das nicht passiert. Verdammt!« Sie ballte die Hände zu Fäusten. »Wir müssen die beiden sofort suchen!«

Oberschwester Benedikta sah die Mädchen entsetzt an. »Sprecht ihr gerade von Hansrüedi Förster und Reto Stein? Woher, in Gottes Namen, kennt ihr Mädchen diese Männer?«

»Kennen ist etwas zu viel gesagt«, erklärte Marie. »Das ist eine längere Geschichte, wir erzählen später gerne mehr. Aber woher kennen *Sie* die Namen?«

Die Nonne sah Marie zögernd an. Dann seufzte sie, blickte gen

Himmel und wieder zu den Mädchen. »Hansrüedi und Reto. Sie waren vor etwas mehr als zwei Jahren für einige Wochen bei uns im Kloster. Sie haben im Garten und in der Küche ausgeholfen. Mehr kann ich nicht sagen.«
»Das ist ja ein Ding«, entfuhr es Kim. »Daher kannten sie wahrscheinlich das Steinhäuschen im Garten des Arbeitsnests.«
»Wie bitte?« Die Nonne sah verständnislos in die Runde.
Kim winkte ab. »Es ist nicht so wichtig. Wir müssen weiter.«
Die Detektivinnen eilten zum Arbeitsnest zurück.
In der Küche trafen sie auf Laura, die langsam Geschirr in die Spülmaschine räumte.
»Hast du Hans... äh ... Eric und Fabian gesehen?«, fragte Marie aufgeregt.
Die junge Frau richtete sich auf und zog ihre Armschlinge zurecht. »Schon seit einiger Zeit nicht mehr. Vielleicht arbeiten sie in ihrem Studio?« Sie kratzte sich am Bein und nahm einen schmutzigen Teller vom Stapel.
»Alles klar, danke«, sagte Kim und ging zügig weiter.
Als Franzi an Laura vorbeilief, kniff sie die Augen zusammen. »Diese rote Stelle an deinem Schienbein sieht nicht gut aus!«, rief sie. »Ich habe eine gute Salbe gegen Allergien dabei. Wenn du magst, gebe ich sie dir nachher.«
Laura lächelte dankbar. »Das ist aber lieb, gerne!«
»Ich fürchte, die beiden haben sich aus dem Staub gemacht«, sagte Kim, während sie zum Studiotrakt eilten.
»Sie müssen heute Abend das Lösegeld in der Almhütte abholen«, warf Franzi ein. »Dort können wir sie erwischen.«

»Stimmt!« Kim schlug sich mit der flachen Hand vor die Stirn und blieb stehen. »Wir müssen einen Plan für heute Abend machen und ihnen eine Falle stellen!«

»Oberschwester Benedikta hat doch die Polizei über das Lösegeldschreiben informiert«, warf Marie ein. »Es werden bestimmt etliche Beamte in der Almhütte auf die beiden warten!«

Franzi winkte plötzlich. »Seid bitte mal still!«

Verwundert sahen Kim und Marie ihre Freundin an.

»Hört ihr das Klopfen?«

Marie lauschte. Tatsächlich war da ein leises Geräusch in unregelmäßigen Abständen zu hören.

»Das ist die Heizungsanlage«, mutmaßte Kim. Sie deutete zu einer Tür auf ihrer rechten Seite mit einem Schild, auf dem *Keller* stand. »Irgendwelche Geräusche der Maschine werden über die Rohre nach oben getragen.«

»Ich weiß nicht«, murmelte Franzi. »Hört mal genau hin!«

Sie lauschten erneut. Und plötzlich erkannte Marie eine bestimmte Abfolge der metallischen Töne. Sie erklangen drei Mal kurz, drei Mal lang und wieder drei Mal kurz.

»Das ist das SOS-Zeichen!«, rief Marie. Sie sah zur Kellertür. »Jemand klopft von da unten das Notzeichen!« Im nächsten Moment fiel ihr ein kleiner Gegenstand auf dem Boden davor auf. Sie sprang hin und bückte sich.

»Hier liegt ein kleines Holzkreuz!« Marie hob es auf.

»Solch einen Anhänger hat Schwester Aloisia an ihrer Rosenkranzkette!«

»Das gibt's doch nicht!«, rief Kim. Sie zog die schwere Metalltür auf. Sofort waren die Klopfgeräusche noch deutlicher zu hören.
Franzi drückte den Lichtschalter an der Wand und die Kellerbeleuchtung sprang an. Eine steile Treppe aus Stein war zu sehen.
Kim formte die Hände zu einem Trichter und rief: »Hallo? Schwester Aloisia?«
Das Klopfen verstummte.
Kim rief erneut.
»Hallo!«, drang plötzlich eine schwache weibliche Stimme zu ihnen hoch. »Ja! Ich bin es. Schwester Aloisia! Ich bin hier gefangen!« Mehrere metallische Schläge folgten. »Holt mich hier raus!«
Die Detektivinnen flogen förmlich die Treppe hinab.
Sie gelangten in einen niedrigen Gewölbekeller, der mit Metallgittern in drei Abteile abgetrennt war. Ein großer Erdöltank, ein Heizkessel und eine Werkbank mit Werkzeugen befanden sich darin.
»Gott sei Dank!«, rief eine verzweifelte Stimme. »Ihr habt mich gehört!«
Marie entdeckte Schwester Aloisia im Schatten der großen Therme. Sie lief zum Gitter.
Schwester Aloisia wirkte erleichtert. »Der Schlüssel hängt dort drüben an dem Brett! Es ist die Nummer drei.«
»Wer hat Sie hier eingesperrt?«, fragte Kim entsetzt.
Franzi holte den Schlüssel und öffnete das Schloss.

Die Nonne trat aus ihrem Gefängnis und atmete erleichtert auf. »Vielen Dank, ihr Mädchen!«
»Wer war das?«, fragte Kim erneut.
»Diese zwei schlimmen Burschen! Hansrüedi und Reto!« Sie schüttelte den Kopf. »Ihr kennt sie unter ihren falschen Namen, die sie angenommen haben …«
»Eric und Fabian!«, beeilte sich Marie zu sagen. »Wir wissen Bescheid. Die beiden haben den Erpresserbrief geschrieben, sie haben die heilige Anna!«
Die Nonne nickte erstaunt. »Das habt ihr auch herausgefunden?«
Kim wuschelte sich mit einer fahrigen Bewegung durch die Haare. »Ich schlage vor, wir gehen kurz gemeinsam in unser Studio und tauschen Informationen aus. Und dann sollten wir der Polizei Bescheid geben!«
»Das ist ein Wort«, sagte Schwester Aloisia. »Mir scheint, ihr seid sehr gewitzte Mädchen. Fast könnte man denken, ihr seid Detektivinnen!«
Marie lächelte. »Genau das sind wir.«

Zehn Minuten später saß Schwester Aloisia mit den Mädchen am Tisch im Studio. Sie sah beeindruckt auf die Visitenkarte des Detektivclubs, die ihr Marie gegeben hatte. »Das ist beachtlich, ihr Mädchen«, murmelte sie.
Kim beugte sich vor. »Bitte erzählen Sie, was passiert ist!«
Die Nonne legte die Visitenkarte auf den Tisch. Sie holte tief Luft. »Dazu muss ich kurz ausholen: Hansrüedi und Reto sind

leider schon in jungen Jahren vom rechten Weg abgekommen. Sie haben sich der Spielsucht hingegeben und sind kriminell geworden. Vor etwa zwei Jahren waren sie hier bei uns im Kloster, weil sie Sozialstunden wegen eines Delikts abzuleisten hatten. Sie haben sich eigentlich ganz gut eingefügt und schienen ihre Taten zu bereuen. Doch dann muss das Übel wieder über sie gekommen sein.« Schwester Aloisia seufzte. »Eines Tages sind die Burschen aus dem Kloster verschwunden und kamen nicht mehr wieder, weil sie …«

»Ein Juweliergeschäft in Zürich überfallen haben und deswegen ins Gefängnis mussten«, ergänzte Kim den Satz hastig.

Die Nonne riss die Augen auf. »Auch das wisst ihr schon!«

Die Detektivinnen nickten stumm.

»Jedenfalls tauchten die beiden vor einigen Tagen als Gäste im Arbeitsnest auf«, fuhr Schwester Aloisia fort. »Sie kamen mir gleich bekannt vor, obwohl sie ihr Äußeres ziemlich verändert hatten. Vielleicht waren es ihre Stimmen, ihre Art, sich zu bewegen, ich weiß es nicht. Als dieser junge Mann namens Eric dann zu mir in den Klosterladen kam und gleich mehrere Tafeln Schokolade gekauft hat, habe ich mich an Hansrüedi erinnert. Damals, vor zwei Jahren, war er auch ganz versessen auf die Süßigkeiten.« Die Nonne lächelte ein bitteres Lächeln. »Ich habe mich gefragt, warum er sich mir gegenüber nicht zu erkennen gibt. Und ich dachte, dass er und Reto wohl nichts Gutes im Schilde führen, wenn sie sich hier heimlich einschleichen. Ich wusste nur nicht, um was es geht! Ich habe versucht, sie zu beobachten und mehr herauszufinden.«

»Deshalb sind Sie so oft zum Rosenschneiden im Garten gewesen!«, rief Franzi.
Die Nonne nickte unmerklich.
»Bitte, erzählen Sie weiter«, sagte Kim schließlich. »Wie kam es dazu, dass die beiden Sie im Keller eingesperrt haben?«
Schwester Aloisa räusperte sich. »Ich war vielleicht etwas zu voreilig und forsch.« Sie strich über das kleine Holzkreuz, das Marie auf den Tisch gelegt hatte. »Als ich den Diebstahl unserer heiligen Anna entdeckt habe, hatte ich sofort Hansrüedi und Reto als Täter in Verdacht. Deshalb hatten sie sich also hier eingeschlichen! Und als ich das Erpresserschreiben an der Tür zum Speisesaal gefunden habe und es so fürchterlich nach Hansrüedis Rasierwasser gerochen hat, da bin ich, Gott möge mir verzeihen, sehr wütend geworden! Ich bin zu den beiden ins Studio gelaufen und habe sie zur Rede gestellt!«
Marie zuckte zusammen. »Oh«, brachte sie leise hervor.
Die Nonne lächelte schief. »Ich dachte, ich könnte sie wieder auf den rechten Weg bringen. Ich habe ihnen gesagt, dass sie die heilige Anna zurückgeben und sich einer gerechten Strafe stellen sollten.« Schwester Aloisia zuckte mit den Schultern. »Das hat nicht funktioniert. Die beiden haben gesagt, dass ich ihnen ganz bestimmt nicht in ihren Plan hineinpfuschen werde und dass sie mich, bis sie das Lösegeld haben, wegsperren werden. Und das haben sie dann auch getan.«
Marie atmete scharf aus. »Was für eine Geschichte.«
Ein energisches Klopfen an der Tür schreckte alle auf. Bevor jemand *Herein!* rufen konnte, wurde sie geöffnet.

Daniel steckte seinen Kopf herein. »Da seid ihr!«, rief er. »Bin ich froh!« Er zuckte zusammen. »Schwester Aloisia, auch Sie sind hier! Das gesamte Kloster sucht nach Ihnen!« Er fuhr sich mit einer Hand übers Gesicht. »Nachdem Schwester Aloisia verschwunden ist und ihr auch auf einmal nicht mehr da wart, habe ich mir Sorgen gemacht!«

Rechts und links von Daniel sahen zwei Polizisten interessiert ins Studio.

»Das haben wir doch gesagt: Es wird sich alles klären«, brummte der eine.

Schwester Aloisia stand auf. »Das ist ja wunderbar, dass die Polizei da ist!«

»Wir wissen, wer die Heiligenfigur gestohlen hat!«, rief Franzi. »Sie müssen diese beiden Typen nachher an der Almhütte dingfest machen.«

Die Nonne hob eine Hand. »Oder wir kürzen das Ganze ab und sehen nach, ob die beiden in ihrem Studio sind. Das hat Hansrüedi vorhin im Keller nämlich Reto vorgeschlagen. Nachdem sie mich eingesperrt hatten, meinte er, jetzt sei alles sicher und sie könnten sich in Ruhe bis zur Geldübergabe die Zeit in ihrem Zimmer mit ein paar Online-Poker-Spielen vertreiben.«

»Das wäre ja ein Ding!«, rief Kim.

Daniel und die beiden Polizisten sahen verständnislos in die Runde.

Die Detektivinnen baten die drei ins Zimmer. Gemeinsam mit Schwester Aloisia erklärten sie den Männern, was passiert war.

Als sie alles erzählt hatten, nickten die Polizisten und Daniel beeindruckt.
»Dann werden wir mal nachsehen, ob die Herrschaften anwesend sind«, sagte einer der Polizisten und stand auf.
Daniel führte die Beamten zum Studio von Hansrüedi und Reto. Die Mädchen und Schwester Aloisia folgten. Einer der Polizisten klopfte an die Studiotür und riss sie im selben Moment auf.
Marie hielt den Atem an. Sie lugte hinter dem Mann ins Zimmer. Es lag im Dämmerlicht der zugezogenen Vorhänge.

Missverständnis?!

»Die Männer saßen tatsächlich im Studio an ihren Laptops und haben in aller Seelenruhe gezockt!«, rief Kim. »Völlig dreist! Aber als sie die Polizisten und uns bemerkt haben, sind sie fast von den Stühlen gekippt.« Kim nahm sich eine Scheibe Schinken und ein Stück Käse von der großen kalten Platte, die Nelli zum Abendessen im Aufenthaltsraum serviert hatte.
Marie reichte Kim den Brotkorb. Dabei schweifte ihr Blick kurz über die Runde am Tisch. Nelli, ihre beiden Kinder, Daniel, Laura, Tessa und ihr Vater saßen dort und lauschten seit einer halben Stunde gespannt den Ausführungen von Kim und Franzi. Marie hatte sich zurückgehalten. Sie fühlte sich einfach schlapp und ausgelaugt. Das lag weniger an den vergangenen Ermittlungsarbeiten als vielmehr an ihrem stetig wachsenden Herzschmerz. Warum bloß meldete sich Holger nicht?
Kim zupfte eine Brotscheibe aus dem Korb und erzählte weiter: »Hansrüedi und Reto waren so überrumpelt, dass sie geredet haben wie ein Wasserfall! Und immer wieder haben sie geschworen, dass sie die Heiligenfigur gar nicht haben!«

»Wie bitte?«, rief Nelli. »Das soll man ihnen glauben?«
Kim zuckte mit den Schultern. »Sie haben gesagt, dass sie mit dem Diebstahl nichts zu tun haben und sich nur als Trittbrettfahrer betätigt haben. Als sie beim Frühstück von Daniel und Laura erfahren haben, dass die heilige Anna gestohlen wurde, sind sie angeblich auf die Idee gekommen, Lösegeld für sie zu verlangen, weil sie dringend Geld brauchten.« Kim riss die Brotscheibe energisch in zwei Hälften. »Ich denke, die Polizei wird sie ordentlich in die Mangel nehmen. Vielleicht kommt dann doch heraus, dass sie die Figur haben!«
Jana und Niklas sahen Kim mit großen Augen an. »Die Polizei hat die Männer mitgenommen?«, fragte das Mädchen leise.
»Ja«, antwortete Kim. »Du brauchst dir keine Sorgen zu machen. Die beiden sind wegen Fluchtgefahr in Untersuchungshaft gekommen, bis alles endgültig geklärt ist.«
»Du meinst das mit den versteckten geräuberten Armbanduhren, von denen ihr vorhin erzählt habt?«, fragte Niklas.
Kim nickte. »Auch. Hansrüedi und Reto haben zugegeben, dass sie die Beute aus ihrem Raub damals im Steinhäuschen versteckt haben und nun verkaufen wollten. Aber, wenn ich es richtig verstanden habe, muss geprüft werden, ob das wirklich nur die Uhren von dem einen Juwelier sind, den die beiden ausgeraubt haben, oder ob womöglich noch Beute aus anderen Überfällen dabei ist.« Kim atmete scharf aus. »Dann müssen sich die beiden wegen Unterschlagung und natürlich wegen versuchter Erpressung und Entführung verantworten.«
Daniel legte Messer und Gabel neben seinem Teller ab. »Zum

Glück scheint Schwester Aloisia alles recht gut verkraftet zu haben.«

»Stimmt.« Franzi klaubte eine Cocktailtomate von der Platte. »Ich hoffe aber, dass sie in Zukunft vorsichtiger bei ihrer Detektivarbeit ist.«

Maries Vater räusperte sich und sah die drei !!! ernst an. »Das sollte generell für alle Detektivinnen gelten!«

Kim, Franzi und Marie verdrehten die Augen, nickten aber schweigend.

»Ich finde es jedenfalls toll, was ihr geschafft habt«, sagte Nelli. Tessa stimmte sofort zu und auch Jana und Niklas sahen die Mädchen beeindruckt an.

»Ich verstehe das nur mit dem Bauschutt im Steinhäuschen nicht«, sagte Niklas schließlich. »Haben die Räuber den damals extra dahin gebracht, damit niemand das Versteck im Kamin sieht?«

Kim schüttelte den Kopf. »Hansrüedi und Reto waren total geschockt, als sie bereits vor einiger Zeit ihre Beute holen wollten und feststellen mussten, dass alles zugeschüttet war.«

Daniel verzog den Mund. »Dafür sind ein paar Handwerker verantwortlich, die vor zwei Jahren den Umbau hier gemacht haben. Sie haben den Schutt einfach in dem Häuschen entsorgt, um sich den Abtransport zu sparen. Ich habe es zu spät entdeckt und dann, ehrlich gesagt, einfach wieder vergessen.«

»Damit haben es die Handwerker Hansrüedi und Reto richtig schwer gemacht«, stellte Franzi fest. »Die beiden haben total sauer erzählt, dass sie vor drei Wochen schon einmal ins Steinhäuschen geschlichen sind und dann feststellen mussten, dass sie mehrere Stunden brauchen würden, um an ihre Beute zu kommen. Also haben sie sich als angebliche Webdesigner für ein paar Tage hier eingemietet, um nachts in Ruhe graben zu können. Weil sie befürchtet haben, dass die Nonnen sie wiedererkennen und Fragen stellen könnten, haben sie sich Bärte und Brillen zugelegt und anders genannt. Was für ein Aufwand!«

Marie nickte. »Übrigens: Die Schaufel, auf die ich Freitagnacht im Garten getreten bin, hat dieser Hansrüedi dort liegen gelassen! Er hatte eine neue besorgt, weil der Stiel von einer anderen zerbrochen war. Als die Männer zum Steinhäuschen gehen wollten, habe ich ihre Stirnlampen als kleine Lichterscheinungen gesehen und gerufen. Hansrüedi hat die Schaufel vor lauter Schreck fallen gelassen, bevor er mit Reto in Deckung gegangen ist.« Marie runzelte die Stirn. »Er hat sich sogar bei mir entschuldigt. Trotzdem: Die beiden sind doch echte Idioten!«

Eine Weile herrschte Schweigen. Nur das Tröpfeln des sanften Spätsommerregens gegen die großen Scheiben des Aufenthaltsraums war zu hören.

Schließlich seufzte Franzi. »Wer für die Sabotageakte verantwortlich ist, haben wir leider noch immer nicht herausgefunden.«

Daniel biss sich auf die Lippe. »Ihr fünf seid nun meine einzigen Gäste. Bislang habe ich auch keine weiteren Buchungsanfragen erhalten.«

Tessa nahm ihr Glas und trank einen Schluck Wasser. »Vielleicht waren das wirklich nur unglückliche Zwischenfälle und es normalisiert sich alles wieder?« Sie sah Daniel und Laura zuversichtlich an. »Immerhin ist in den letzten zwei Tagen nichts passiert. Auch unser Dreh heute Nachmittag verlief problemlos.«

Maries Vater nickte. »Wir werden auf jeden Fall Werbung in Film- und Fernsehkreisen für euch machen. Ihr werdet sehen, ihr bekommt demnächst bestimmt einige Anfragen für diesen wunderbaren Ort.«

»Das ist sehr nett«, sagte Daniel. »Danke!«

Laura lehnte sich an ihn und sah stumm zu Boden.

Erneut herrschte nachdenkliches Schweigen.

»Ich hole den Nachtisch«, sagte Nelli und stand auf. »Ich habe Maronencreme gemacht. Die hebt die Laune!«

»Das klingt super«, sagte Kim sofort.

Als Marie, Kim und Franzi es sich eine Stunde später in ihrem Studio auf ihren Betten gemütlich machten, musste Marie feststellen, dass Nellis Creme aus süßem Esskastanien-Püree zwar wirklich sehr lecker geschmeckt hatte, ihre Stimmung jedoch nicht hatte bessern können. Sie blätterte unaufmerksam in der neuesten Ausgabe der *Sweet* und schweifte immer wieder mit ihren Gedanken zu Holger.

Der Regen prasselte mittlerweile unaufhörlich gegen die Fensterscheiben.

»Du denkst an Holger«, sagte Franzi plötzlich leise.

Marie hatte gar nicht gemerkt, dass ihre Freundin zu ihr ans Bett gekommen war. Sie sah auf und nickte stumm.

Franzi setzte sich neben Marie. »Ich verstehe das nicht. Ich hätte ihm so etwas nie zugetraut.«
Kim kam ebenfalls zu Marie rüber. »Mensch, wenn ich nur wüsste, was ich tun kann.«
Marie strich über die Bettdecke. »Es ist toll, dass ihr einfach da seid. Das ist schon eine Menge!«
»Wir werden immer für dich da sein!«, versprach Kim.
Franzi nickte heftig. Dann zog sie ihr Handy hervor. »Ich hoffe, dass du bald wieder so lachen kannst wie gestern.« Sie wischte auf dem Display und hielt es Marie hin. »Die Fotos von uns beiden sind richtig schön geworden. Sieh mal!«
Es war offensichtlich, dass Franzi versuchte, sie irgendwie abzulenken. Marie wollte nicht unhöflich sein und ging darauf ein. Sie nahm das Handy und sah sich das Foto an. »Ja, lustig«, sagte sie leise. Dabei machte sie der Anblick der kleinen Plüschkuh zwischen den lachenden Gesichtern von Franzi und ihr nur noch trauriger. Sie versuchte, sich auf dieses Lachen in ihrem Gesicht zu konzentrieren. Vielleicht würde es in magischer Weise von der fotografierten Marie auf die lebendige überspringen?
Plötzlich stutzte sie. Ein pinkfarbener Fleck knapp oberhalb von Franzis Hirtenkäppi irritierte sie. Sie sah genauer hin.
Im Hintergrund, auf der anderen Seite des Brunnens, auf dessen Rand sie und Franzi saßen, erkannte sie jetzt einen Jungen, der neben einem Fahrrad stand. Er trug eine graue Trainingsjacke und einen schwarzen Helm mit einem pinkfarbenen Streifen. Marie hielt die Luft an. Sie zoomte das Bild größer. Es

wurde leicht unscharf, dennoch konnte sie jetzt genau erkennen, dass es Jakob war. Ihre Hand begann zu zittern, während sie das Foto weiter absuchte.

»Was ist denn los?«, fragte Franzi besorgt.

»Ich glaube, ich habe auf dem Foto gerade Jakob entdeckt«, flüsterte Marie. Und im nächsten Moment sah sie Holger. Er wandte sich halb ab, aber sie erkannte ihn genau. Die gerade Nase, die rotbraunen Haare, die seitlich über seine Stirn fielen, das war eindeutig ihr Freund! »Die beiden waren ja doch da!«, rief Marie. »Warum hat er mich denn nicht angerufen?« Sie starrte völlig verwirrt auf das Foto.

Kim beugte sich über das Display. »Das sind sie wirklich«, sagte sie nach kurzer Zeit. »Das ist mehr als merkwürdig.«

Franzi zupfte nervös an ihrer Lippe. »Leute, ich habe einen Verdacht. Vielleicht ist es ja auch Blödsinn, aber ich sag's einfach.«

Marie sah Franzi an. »Ja?«

»Kann es sein, dass Holger mich nicht erkannt und für einen Jungen gehalten hat?«

Es dauerte einen Moment, bis Franzis Worte ganz zu Marie durchgedrungen waren. Dann wurde ihr zuerst heiß, dann eiskalt. Natürlich. Franzi sah in ihrer Tracht und mit dem Hirtenkäppi wirklich wie ein Junge aus.

»Oh nein!«, rief Marie aus. Sie dachte daran, wie sie mit Franzi herumgealbert und die Selfies in enger Umarmung gemacht hatte. Es musste für Holger ausgesehen haben, als würde sie mit einem fremden Jungen flirten.

»Wenn ich Holger so mit einem anderen Mädchen sehen würde, würde ich sofort Schluss machen«, murmelte Marie. »Er hat mir immerhin nur geschrieben, dass er nachdenken muss.«
Franzi sah niedergeschlagen aus. »Das ist alles meine Schuld.«
»Quatsch, natürlich nicht!«, rief Marie sofort. »Ich muss das mit Holger klären. Schickst du das Bild bitte sofort an Holger?«
Franzi nickte. »Klar!«
»Und schreib etwas dazu.« Marie überlegte fieberhaft. »Am besten einfach: *Missverständnis?!*«
Franzi nickte und tippte. »Fertig«, sagte sie Sekunden später und legte das Handy auf die Bettdecke vor Marie.
Gebannt starrten alle drei Mädchen darauf.
Sekunden und Minuten verstrichen.
»Er ruft seine Nachrichten nicht ab«, stellte Marie schließlich fest und fuhr sich mit beiden Händen durch die Haare. »Ich werd noch verrückt!«
Franzi seufzte. »Ich hätte mir so gewünscht, dass sich alles sofort klärt. Aber irgendwann muss er ja sein Handy wieder einschalten.« Sie lächelte. »Und dann wird alles gut.«
»Hoffentlich!«, sagte Marie. »Ist es okay für euch, wenn ich die Regenschauerdusche und das Bad für mindestens eine Stunde belege, damit ich nicht ständig auf Franzis und mein Handy sehen muss?«
»Natürlich.« Franzi legte ihr Smartphone neben das von Marie. »Wir geben dir Bescheid, wenn sich etwas tut!«, rief sie. »Du kannst dich auf uns verlassen.«

Das ist eine echte Tragödie

Weiße Nebelschwaden hingen wie hauchdünn gewebte Seidentücher über der Wiese und wurden von einer sanften Brise weitergetragen. Der feuchte Steinbelag der Terrasse glitzerte im Licht der Vormittagssonne, die vor einer halben Stunde hinter den vorbeiziehenden Regenwolken hervorgekommen war.

Marie seufzte. Sie nahm den letzten Schluck Cola aus der Flasche und schob die beiden Handys, die vor ihr auf dem Tisch lagen, ein Stück zur Seite.

»So geht das nicht weiter«, sagte Franzi plötzlich und legte ihre Jonglierbälle auf den Tisch. »Wir sitzen jetzt seit Stunden hier im Garten herum und warten, dass Holger sich meldet. Das kann doch nicht sein!«

Kim nickte bedächtig. »Marie, ich verstehe auch nicht, was mit Holger los ist. Aber ich glaube nicht, dass sich irgendwas ändert, wenn du die Handys anstarrst.«

»Ihr habt ja recht.« Marie strich über Franzis Smartphone. »Ich fühle mich so kraftlos. Ich glaube, ich kann noch nicht mal aufstehen.«

Franzi gab einen entrüsteten Ton von sich. »Das ist jetzt aber übertrieben!«
»Nein, ich fühle mich wirklich total schwach«, jammerte Marie.
Franzi stand auf und stellte sich vor sie hin. »Ich glaube, du brauchst dringend unseren Powerspruch. Und dann machen wir eine Tretroller-Fahrt runter ins Dorf! Daniel hat mir vorhin erzählt, dass er welche für die Gäste im Anbau stehen hat.«
»Wahrscheinlich sind das auf dem Foto doch nicht Holger und Jakob«, murmelte Marie. »Was ist nur passiert?«
Franzi und Kim fassten Marie sanft an den Armen. »Komm!«, sagte Kim bestimmt. »Du brauchst jetzt unseren Power-Spruch!«
Marie ließ sich von ihren Freundinnen hochziehen.
Der Powerspruch war ein Ritual, das die Detektivinnen immer dann praktizierten, wenn sie besonders viel Energie bei einem anstehenden Fall benötigten. Schon oft hatte es aber auch gewirkt, wenn eine von ihnen einfach einen Durchhänger hatte.
Die Mädchen stellten sich dicht zusammen und legten die Hände übereinander. Im Chor sagten sie laut: »Die drei !!!.«
Marie murmelte: »Eins.«
Kim sagte: »Zwei!«
Und Franzi rief: »Drei!«
Dann warfen sie gleichzeitig die Arme hoch und riefen: »Power!!!«
Marie schloss die Augen. Sie spürte der warmen Welle nach, die ihren Körper langsam vom Kopf bis zu den Füßen durchström-

te. Auf einmal fühlte sie sich ganz leicht und frei. Die Energie war wieder da! Der Powerspruch war einfach immer wieder ein magisches Erlebnis.

»Leute!«, rief Marie. »Ich werde es womöglich noch vier ganze Tage aushalten müssen, dass Holger sich nicht meldet. Aber sobald wir wieder zu Hause sind, muss er wohl mit mir reden!«

»So sieht es aus«, sagte Franzi. »Und jetzt machen wir eine Tretroller-Tour!«

Marie nahm die drei Getränkeflaschen vom Tisch und trug sie zur Leergut-Kiste, die neben dem Getränkeautomaten stand. Sie wollte die erste Flasche gerade in ein leeres Fach gleiten lassen, da rutschten ihr die beiden anderen aus der Hand. Mit lautem Klirren zerschellten sie auf dem Steinboden. »Mist!«, rief Marie, bückte sich und begann, die Scherben einzusammeln.

»Pass auf, dass du dich nicht schneidest«, sagte Franzi. »Ich hole besser Besen und Kehrschaufel.« Sie verschwand in der Küche.

»Bring am besten gleich was zum Einwickeln mit!«, rief ihr Kim hinterher.

Franzi reagierte jedoch nicht, sie hatte Kim offensichtlich nicht mehr gehört.

»Ich gehe ein paar alte Zeitungen holen«, sagte Marie und stand auf. »Unter der Anrichte ist ein Altpapier-Korb.«

In der Küche kam ihr Franzi mit Schaufel und Besen in der Hand entgegen.

»Wir wickeln die Scherben in Altpapier ein«, sagte Marie und bückte sich zu dem Korb. »Ich komme gleich.«

»Alles klar.« Franzi lief wieder zum Getränkeautomaten. Marie zog eine große zerknitterte Papiertüte hervor.
»Braucht ihr Hilfe?«, erklang plötzlich eine Stimme von der Tür zum Hinterhof. Laura hatte ihren Kopf hereingesteckt und sah Marie besorgt an. Hinter ihr konnte Marie eine Wäscheleine erkennen, die quer über den Hof gespannt war. Auf dem Boden darunter stand ein Korb mit einem Berg feuchter Wäsche.
»Nein, danke!«, sagte Marie und lächelte schief. »Mir sind zwei Glasflaschen kaputtgegangen. Tut mir leid! Wir kümmern uns darum.«
Laura nickte. »Kein Problem. Gebt einfach Bescheid, wenn ihr mich doch braucht.« Sie wandte sich ab, kratzte sich am Schienbein und schüttelte vorsichtig ein großes schwarz-bunt gemustertes Tuch aus. Sie konnte dazu schon ihren verletzten Arm ein wenig mitbenutzen, stellte Marie fest, und freute sich für Laura.
»Machen wir, danke!«, sagte sie und lief los. Im letzten Moment bemerkte sie, dass eine Quittung aus der Papiertüte gerutscht war und vor der Anrichte auf dem Boden lag. Marie lief hin und hob sie auf. Irritiert stellte sie fest, dass der Kassenbon von einer Tierhandlung in Zürich ausgestellt war. Sie hatte hier im Arbeitsnest keine Haustiere gesehen. Aber wahrscheinlich stammte die Tüte von einem Gast. Dann fiel Maries Blick auf die aufgelistete Ware auf dem Bon. *Madegassische Schaben* und *Zwergmäuse,* las sie. Marie kniff die Augen zusammen. Das war ungeheuerlich!
Sie betrachtete die Tüte in ihrer Hand. Genau diese Papierta-

sche hatte Laura Freitagnacht, als Marie sie in der Küche angetroffen hatte, ins Altpapier geworfen. Marie schüttelte den Kopf. Laura hatte die Tüte wahrscheinlich irgendwo im Arbeitsnest gefunden. Marie musste sie sofort fragen, wo! Sie wollte gerade zur Hintertür laufen, da kamen Franzi und Kim angelaufen.

»Wo bleibst du denn?«, wollte Kim wissen.

Marie zeigte ihr die Quittung. »Die habe ich gefunden!«

Kim und Franzi sahen sich das Papier an.

»Das ist unfassbar«, sagte Kim leise. »Der Saboteur hat die Tiere vergangenen Freitag um 18:43 Uhr in Zürich gekauft!«

Marie biss sich auf die Lippe. »Ich habe gesehen, dass Laura die Tüte, in der die Quittung war, weggeworfen hat. Sie kann uns vielleicht sagen, wo sie sie gefunden hat, und wir können Rückschlüsse daraus ziehen, wer …«

»Und wenn Laura die Saboteurin ist?«, zischte Franzi plötzlich.« Sie starrte zur Hintertür hinaus.

»Wie kommst du denn darauf?«, fragte Marie irritiert.

Franzi verzog den Mund. »Seht ihr das bunte Tuch mit dem schwarzen Muster auf der Wäscheleine? Das hat Laura in den letzten Tagen als Armschlinge verwendet.«

»Ja, und?«, murmelte Marie. Und dann fiel es ihr wie Schuppen von den Augen. In einer der schwarzen Flächen des Musters befand sich unübersehbar ein Loch!

»Das schwarze Stück Stoff, das wir bei dem Schild auf dem Trimm-dich-Pfad gefunden haben!«, sagte Kim in selben Moment. »Das würde genau zu dem beschädigten Tuch passen.«

Marie stemmte die Arme in die Seiten und atmete tief durch. »Aber Laura ist doch selbst Opfer des Saboteurs gewesen. Sie hatte auch einen Unfall auf dem Trimm-dich-Pfad.« Nachdenklich betrachtete Marie Laura, die mit dem Rücken zu ihnen stand und gerade ein Geschirrtuch aufhängte. »Ich habe Laura nie verdächtigt. Aber wenn ich da jetzt hinsehe, dann fällt mir auf, dass sie ihren verletzten Arm schon verdammt gut bewegen kann!«

Franzi nickte langsam. »Sie könnte die Verletzung die ganze Zeit vorgetäuscht haben, um den Verdacht von sich abzulenken.«

»Laura als Saboteurin. Kann das wirklich sein?«, fragte Marie.

Franzi sah ihre Freundinnen ernst an. »Ich kann es auch nicht wirklich glauben. Welches Motiv sollte sie haben? Die beiden Hinweise, die wir eben gefunden haben, machen sie allerdings sehr verdächtig.«

Marie nickte. »Und es kommt noch eine Sache hinzu.«

Kim und Franzi sahen sie überrascht an. »Welche?«, fragte Kim.

»Die rote Stelle an Lauras Schienbein«, sagte Marie leise. »Sie könnte von der Seidelbast-Pflanze stammen, vor der Tessa uns gewarnt hat, als wir im Kreuzgang standen! Laura könnte am ersten Abend den Klinker herabgeworfen und dabei die Pflanze gestreift haben.«

Franzi schlug sich mit der flachen Hand vor den Kopf. »Richtig! Dass ich daran nicht mehr gedacht habe. Und ich wollte Laura noch meine Allergiesalbe geben.«

Marie straffte die Schultern. »Ich denke, es ist Zeit, mit Laura zu reden!«

Kim und Franzi nickten.

Sie liefen in den Hinterhof.

Laura lächelte die Mädchen an. »Na, alles klar? Oder braucht ihr Hilfe?«

Marie räusperte sich. »Ja, wir könnten tatsächlich Hilfe gebrauchen.«

Laura sah sie fragend an.

Maries Herz klopfte vor Aufregung. Sie atmetet tief durch. »Wir möchten aufklären, wer für die merkwürdigen und gefährlichen Vorkommnisse im Arbeitsnest verantwortlich ist«, sagte Marie vollkommen ruhig. »Und wir wollen dir gleich sagen, dass wir dich verdächtigen. Es ist uns zwar ein Rätsel, warum du dein und Daniels Projekt selber sabotieren solltest. Aber es gibt jede Menge Hinweise darauf, dass du für die Sabotage verantwortlich bist! Der herabgefallene Klinker im Kreuzgang, das Ungeziefer, das fehlende Schild auf dem Pfad. Für all das können wir dir Beweise liefern, dass du daran beteiligt warst. Du bist am Freitag gar nicht beim Arzt gewesen, sondern hast in Zürich Kakerlaken und Mäuse besorgt, dann hast du dich zum Kreuzgang geschlichen und später hast du dich an dem Schild zu schaffen gemacht!«

»Und wir nehmen auch an, dass du für das verdorbene Käsefondue verantwortlich bist«, ergänzte Franzi.

Kim fuhr fort: »Genauso wie für die Vorfälle, die von euren Gästen auf der Bewertungsseite geschildert wurden.«

Laura wurde blass. Sie zog einen Hocker zu sich und ließ sich darauffallen. Die Armschlinge glitt zu Boden, als sie sich vorbeugte und mit beiden Händen ihr Gesicht verbarg. »Es ist also zu Ende«, drang es dumpf zwischen ihren Fingern hervor. »Endlich zu Ende!« Ein Schluchzen folgte.

Die junge Frau wurde von einem Weinkrampf geschüttelt.

Die Detektivinnen standen angespannt da.

Marie war sehr überrascht, sie hatte erwartet, dass Laura versuchen würde, Ausflüchte zu liefern. Doch die junge Frau schien beinahe erleichtert darüber zu sein, dass sie entlarvt worden war.

Laura hob den Kopf. Sie sah die Mädchen aus tränenüberströmten Augen an. »Ich dachte mir, dass ihr Detektivinnen mich erwischen werdet. Und es ist vielleicht gut so.«

»Du gibst also zu, dass du für die Sabotageakte verantwortlich bist?«, fragte Kim.

Die junge Frau nickte. Sie kramte in ihrer Hosentasche und zog ein Taschentuch hervor. Sie presste es sich kurz auf die Augen. »Aber mit dem Schwelbrand vor zwei Monaten habe ich nichts zu tun! Ich glaube, die Mäuse haben das Kabel der Lampe angeknabbert und es gab einen Kurzschluss. Auch das Kletterseil für die Filmszene müssen sie angenagt haben. Glaubt mir, ich wollte nie einen Menschen in Gefahr bringen!«

Marie schnaubte wütend auf. »Und was ist mit dem Schild auf dem Trimm-dich-Pfad? Das war extrem gefährlich! Tessa hätte sich schwer verletzen können!«

Laura senkte den Kopf. »Das war mir nicht bewusst.«

Marie spürte, wie langsam Wut in ihr aufstieg. »Warum bloß hast du das alles gemacht? Ich verstehe dich nicht!«

»Weil ich hier endlich wegwill!«, rief Laura verzweifelt. »Und zwar mit Daniel! Am Anfang fand ich sein Projekt spannend und konnte mir vorstellen, hier einzusteigen. Aber mit der Zeit wurde mir bewusst, dass ich nicht für das Leben in den Bergen gemacht bin. Ich gehöre in die Stadt.« Laura boxte sich gegen die Oberschenkel. »Ich habe versucht, mit Daniel zu reden, und ihn gefragt, ob er nicht in Zürich etwas aufbauen will. Aber das kam für ihn überhaupt nicht infrage. Er hat gesagt, dass sein Leben die Berge sind.« In Lauras Augen sammelten sich erneut Tränen. »Aber *mein* Leben ist Daniel! Und dann ist auch noch diese Nelli aufgetaucht, *die gute Seele im Arbeitsnest*, wie er immer sagt. Ich will nicht, dass er sich in diese Frau verliebt! Das darf nicht sein. Er muss unbedingt mit mir nach Zürich zurückgehen!« Laura schüttelte heftig den Kopf. »Es gab nur diese eine Möglichkeit: Es durften keine Gäste mehr kommen und Daniel sollte endlich sein Projekt aufgeben! Dafür habe ich das alles gemacht. Damit wir beide ein neues Leben in Zürich anfangen können!«

Die Detektivinnen sahen sich betroffen an.

Laura knetete ihre Hände. »Es hat alles funktioniert. Immer weniger Gäste kamen. Innerhalb kürzester Zeit wäre das Arbeitsnest pleite gewesen. Aber dann kamt ihr, dieses Filmteam mit den vielen guten Beziehungen. Ich musste sofort wieder handeln, damit ihr keine Werbung für die Unterkunft macht.« Laura kniff die Augen zusammen und sackte in sich zusammen.

»Nun ist es vorbei, ich gebe auf«, flüsterte sie. »Es war verrückt, was ich gemacht habe. Aber ich wusste mir nicht anders zu helfen.«

Ein leises Geräusch von der Hintertür schreckte Marie auf. Sie drehte sich um.

Daniel stand im Türrahmen. Er war kreidebleich und hielt sich mit beiden Händen am Rahmen fest. »Laura. Ich habe alles mit angehört. Das ist unfassbar! Wie konntest du mir das antun!« Er schlug sich die Hände vors Gesicht und ging zurück in die Küche.

»Daniel!«, rief Laura verzweifelt, sprang auf und wollte ihm hinterherlaufen.

Marie hielt sie zurück. »Ich glaube, er muss jetzt erst einmal für sich sein und das alles verkraften«, sagte sie ruhig.

Laura schluchzte erneut auf und sackte auf den Hocker nieder.

»Das ist eine echte Tragödie«, flüsterte Marie.

Wunder der Liebe

»Starke Gefühle können starke Reaktionen beim Menschen hervorrufen«, murmelte Franzi vor sich hin, während sie den Korb mit Tellern und Besteck auf dem Steintisch im Garten abstellte.

»Das stimmt!«, sagte Marie und sah nachdenklich zu Laura, die mit zwei Reisetaschen in den Händen durch den Garten lief. Daniel hatte sie, nachdem er sich über zwei Stunden in seinem Büro eingeschlossen hatte, gebeten, das Arbeitsnest zu verlassen und ihn vorerst nicht mehr zu kontaktieren. Marie fand das sehr tragisch. Aber sie konnte Daniels Entscheidung nachvollziehen. Es war einfach unfassbar, was Laura gemacht hatte. So verzweifelt sie auch gewesen sein mochte, nichts konnte ihre Handlungen rechtfertigen.

Franzi stieß Marie leicht in die Seite. »Das mit den starken Gefühlen stammt übrigens von dir. Du hast das am Samstag gesagt, als du Sirius verdächtigt hast.«

»Ach, wirklich?« Marie konnte sich gar nicht mehr erinnern.

»Was macht Laura jetzt wohl?«, fragte sie leise.

Kim rückte zwei Stühle, die sie von der Terrasse geholt hatte, an den Tisch. »Nelli hat mir vorhin erzählt, dass sie zu ihrer Schwester nach Zürich geht. Dort kann sie vorerst wohnen, bis sie einen neuen Job hat.«

»Immerhin.« Marie ergriff den Stapel mit Gartenfackeln, der auf einem der Stühle lag, und lief ein Stück vom Tisch weg. Sie bohrte den ersten Feuerstab in der Nähe der Grillstelle in den Boden. »Für Daniel muss das ein Riesenschock sein. Ich hätte es verstanden, wenn er den Abend mit dem Filmteam heute abgesagt hätte.«

»Stimmt.« Kim stellte einen weiteren Stuhl an den Tisch. »Aber ich finde es gut, dass er nach vorne schaut und die Chance nutzt, das Arbeitsnest einem größeren Kreis von Leuten vorzustellen.«

Maries Vater hatte am vergangenen Abend Daniel und Laura vorgeschlagen, dass die Kolleginnen und Kollegen vom Filmteam ins Arbeitsnest kommen könnten, um sich den tollen Ort einmal selber anzusehen. Daniel hatte begeistert zugesagt und versprochen, eine kleine Führung durch das Kloster zu machen und anschließend eine Grillparty auszurichten.

Da Laura nun ausgefallen war, hatten die Detektivinnen Daniel angeboten, bei den Vorbereitungen zu helfen. Dankbar hatte er angenommen.

»Ich hoffe, dass es jetzt wieder aufwärtsgeht und Daniel seinen Traum leben kann«, sagte Kim. »Wir sollten unbedingt einen positiven Kommentar auf der Bewertungsseite hinterlassen.«

Marie nickte und steckte die nächste Fackel in die Wiese. Sie sah auf ihre Armbanduhr. Sie lagen gut in der Zeit. Der Dreh heute würde bis mindestens siebzehn Uhr gehen, hatte Tessa gesagt. Danach wollte das Filmteam zum Kloster kommen. Bis dahin hatten sie noch mehr als zwei Stunden, um den Garten für das Grillfest vorzubereiten.

»Wo steckt Nelli eigentlich?«, fragte Franzi. »Wir wollten zusammen die Gemüsespieße machen.«

»Ich habe sie vorhin mit Jana und Niklas in der Küche gesehen!« Marie richtete die Fackel, die sie eben auf der Wiese platziert hatte, gerade aus.

»Hallo, ihr drei!«, ertönte es im nächsten Moment von der Terrasse des Aufenthaltsraums her. Nelli stand mit Jana und Niklas dort und winkte. »Entschuldigt bitte!«, rief sie und machte ein ernstes Gesicht. »Ich weiß, in den letzten Stunden ist eine Menge passiert. Wir alle müssen das erst einmal verdauen. Aber trotzdem würden Jana, Niklas und ich gerne etwas mit euch besprechen.«

Die Detektivinnen sahen sich erstaunt an.

Jana räusperte sich. Sie tastete nach der Hand ihrer Mutter und drückte sie fest. »Niklas und ich wollen euch etwas sagen. Können wir das drin machen?«

Marie lief schnell zur Terrasse, Kim und Franzi folgten.

Gespannt betraten sie den Aufenthaltsraum.

Nelli nickte den Mädchen zu. »Danke!«

Niklas und Jana waren zu einem der Tische an der Fensterfront gelaufen und wippten auf den Füßen auf und ab. Beide sahen mit großen Augen zu den Mädchen.

»Wir haben sie«, platzte Niklas schließlich heraus.
Er und seine Schwester traten zur Seite, sodass die Sicht auf den Tisch frei wurde.
Marie stockte der Atem. Neben dem Serviettenhalter und den Fässchen mit Salz und Pfeffer stand die Heiligenfigur aus der Kapelle! Ihr fein geschnittenes Gesicht schien leise zu lächeln, und das Kristallherz funkelte im Sonnenlicht, das durch die große Scheibe in den Raum fiel.
»Wahnsinn!« Marie traute ihren Augen nicht. »Ihr habt die heilige Anna gefunden.«
»Das ist fantastisch!«, rief Franzi.
»Also haben Hansrüedi und Reto sie doch versteckt«, sagte Kim aufgeregt. »Wo habt ihr sie entdeckt?«
Jana schluckte. »Die Männer hatten die heilige Anna nicht.« Sie senkte den Blick zum Boden. »Niklas und ich haben sie genommen.«
Marie meinte, sich verhört zu haben.
Doch im nächsten Moment sagte Nelli: »Jana und Niklas kamen gestern spätabends zu mir und haben mir alles erzählt. Sie wollten die Heiligenfigur nicht stehlen. Sie wollten sie nur für einige Zeit ausleihen. Aber sie haben gemerkt, dass das keine so gute Idee war.« Nelli lächelte schief. »Obwohl sie eigentlich etwas Nettes im Sinn hatten.«
Marie schüttelte den Kopf. »Ich verstehe überhaupt nichts mehr.«
Jana straffte die Schultern. »Du hast selber gesagt, dass du an das Liebeswunder glauben möchtest!« Sie strich vorsichtig

über die Heiligenfigur. »Mama und Papa haben sich vor sieben Jahren scheiden lassen und Papa hat jetzt eine neue Familie und wohnt ganz weit weg. Wir wollen, dass Mama endlich einen neuen Mann findet.«

»Und wir einen neuen Papa kriegen«, ergänzte Niklas. Er runzelte die Stirn. »Wir warten schon so lange!«

Nelli legte einen Arm um ihren Sohn und drückte ihn kurz an sich.

»Wir haben die heilige Anna am Samstag noch mal heimlich besucht«, erkläre Jana. »Und da kamen wir auf die Idee, dass das Wunder bei Mama bestimmt wirkt, wenn wir die Figur eine Zeit lang in ihr Schlafzimmer ans Fenster hinter den Vorhang stellen.«

»Eigentlich hatten wir gedacht, dass sie mindestens eine Woche braucht, um das Wunder zu vollbringen. Die Strahlen konnten durch den Vorhang ja nicht so stark wirken wie in der Kapelle«, ergänzte Niklas. »Aber wir wollten nicht, dass alle denken, diese beiden Männer hätten sie gestohlen. Die haben schlimme Sachen gemacht und sollen dafür bestraft werden. Aber nicht für etwas, das sie nicht getan haben. Deshalb wollten wir die Figur schnell zurückgeben.«

Nelli legte die Arme um beide Kinder. »Wir werden jetzt gleich zu Schwester Aloisia und ihren Mitschwestern gehen und ihnen alles erklären. Aber wir wollten euch als Erste informieren.«

»Das ist nett.« Marie konnte immer noch nicht richtig glauben, was in den letzten Minuten passiert war.

Nelli seufzte und sah ihre Kinder an. »Und wir müssen demnächst wohl auch mal länger miteinander reden.« Sie nahm ein Tuch, das über einer Stuhllehne hing, breitete es auf dem Tisch aus und legte die Heiligenfigur vorsichtig darauf. In dem Moment fiel das Licht vom Fenster auf das Kristallherz und es sendete gleißende Strahlen durch den Raum. Für den Bruchteil einer Sekunde tanzten einige davon zitternd über Maries Hände. Nelli hüllte das Tuch um die kleine Statue und nahm sie behutsam in die Hand. »Wir gehen rüber zu Schwester Aloisia. Ich hoffe, ich bin in spätestens einer Stunde wieder da. Könnt ihr Daniel bitte Bescheid geben, wenn er vom Einkaufen zurück ist?«

»Das machen wir«, sagte Kim. Nachdem die drei den Raum verlassen hatten, lehnte sie sich an die Tischkante und verschränkte die Arme. »Ich glaube es einfach nicht.«

Marie setzte sich neben Kim auf den Tisch. »Ich würde ihnen wirklich wünschen, dass das Wunder gewirkt hat«, flüsterte sie. Sie verzog den Mund. »Bei mir war die heilige Anna ja leider nicht erfolgreich.«

»Mensch, Marie«, setzte Franzi an, verstummte jedoch plötzlich. Sie sah mit offen stehendem Mund in den Garten hinaus.

»Was ist?«, fragte Marie verwirrt. Sie drehte sich zum Fenster und sah Daniel, der mit einer großen Kühlbox in der Hand auf die Terrasse zulief. Vermutlich befanden sich Würstchen und Grillfleisch darin, und Marie fragte sich, warum Franzi darüber so erstaunt war. Dann aber bemerkte sie eine Person, die einige Meter hinter Daniel lief. Sie trug zwei vollgepackte Einkaufstaschen. Marie blinzelte. Die Person war groß, schlank, durchtrainiert und hatte kurzes rotbraunes Haar, das verwuschelt in alle Richtungen abstand. Maries Herz setzte für einen Moment aus, um dann doppelt so schnell weiterzuschlagen. »Holger!«, rief sie. »Franzi, bitte kneif mich mal! Ist das wirklich Holger?«

Ihre Freundin schlug ihr leicht auf die Schulter. »Er ist es!«

Marie rutschte von Tisch und rannte in den Garten hinaus.

Daniel lächelte sie an. »Da bist du ja schon! Ich habe auf dem Parkplatz gerade einen völlig erschöpften Rennradfahrer getroffen, der ganz dringend zu dir möchte!« Er zwinkerte und lief weiter.

Holger ließ die Taschen auf den Boden sinken. Er wischte sich die Hände an seiner Jeans ab. »Marie«, sagte er atemlos. »Das ist alles dermaßen schiefgelaufen. So dermaßen schief! Es tut mir leid.«

Marie rannte auf Holger zu und umarmte ihn.

Ein leises *Muh, I love you!* ertönte.

Sie mussten lachen. Holger sah zu der kleinen Plüschkuh, die an Maries Gürtel baumelte. »Du trägst sie also noch, obwohl ich mich so lange nicht gemeldet und mich wie ein Blödmann benommen habe!«

Marie nickte. Sie konnte seinen Herzschlag spüren, der mindestens so heftig war wie ihr eigener.

»Ich bin so froh, dass ich endlich bei dir bin«, sagte Holger.

Für eine kleine Ewigkeit standen sie eng umschlungen da.

Dann ließ sie ein leises Rascheln aufhorchen.

Franzi hob gerade die beiden Einkaufstaschen vom Boden auf.

»Kim und ich kümmern uns um die Grill-Vorbereitungen. Sprecht ihr euch mal in Ruhe aus.«

»Okay, danke.« Holger sah Marie geknickt an. »Ich glaube, ich habe dir einiges zu erklären.«

Marie nahm Holgers Hand. Langsam liefen sie ein Stück weiter in den Garten hinein. An der Bank bei dem großen Rosenbusch hielt Marie an. Sie setzten sich.

Holger wuschelte sich durchs Haar. »Ich habe Franzis Nachricht erst heute Vormittag gelesen. Ich bin sofort losgefahren!«

Marie schüttelte den Kopf. »Also war es wirklich so, wie ich dachte? Du hast mich mit ihr zusammen gesehen und sie für einen Jungen gehalten?«

»Ja. Jakob und ich sind etwas früher am Marktplatz angekommen. Wir wollten euch überraschen. Und dann habe ich dich mit diesem Jungen am Brunnen gesehen!«

»Mit Franzi!«, warf Marie ein.

Holger nickte und kniff die Augen zusammen. »Ich habe mich immer über dich und deine Eifersucht lustig gemacht. Weil ich nicht nachvollziehen konnte, wie das ist.« Er seufzte. »Jetzt weiß ich es. In dem Moment, in dem ich euch dort gesehen habe, sind bei mir alle Sicherungen durchgebrannt! Ich habe so etwas noch nie zuvor gefühlt.«

Holger biss sich auf die Lippe. »Ich konnte keine Sekunde länger zusehen, wie ihr euch dauernd umarmt und Küsschen gebt. Und mit der Plüschkuh herumalbert, die ich dir geschenkt habe! Ich bin sofort aufs Rad gesprungen und losgefahren. Ich wollte einfach nur weg. Jakob ist kaum hinterhergekommen.«

Holger seufzte. »Einmal habe ich angehalten und dir die Nachricht geschickt, dann habe ich das Handy ausgemacht. Wir sind mehrere Kilometer einfach weitergefahren. Und dann ist die Gangschaltung an Jakobs Rad kaputtgegangen. Im nächsten Dorf gab es einen Fahrradladen, doch leider mussten mehrere Teile erst bestellt werden. Wir haben auf der Wiese von einem Bauern unser Zelt aufgeschlagen, um dort zu übernachten.«
Holger lehnte sich zurück und sah in den Himmel, den die untergehende Sonne in leuchtende Rosa- und Orangetöne tauchte. »Jakob und ich haben abends am Bach geangelt und sehr lange geredet. Er meinte, dass er dich zwar noch nicht lange kennt, aber den Eindruck hat, dass du mich wirklich liebst und bestimmt nicht so heftig mit fremden Jungs herumflirtest. Er fand, dass ich unbedingt mit dir reden sollte. Er ist nämlich auf die Idee gekommen, dass du womöglich mit dem Jungen eine Szene für den Film gespielt hast und wir nur die Kamera nicht gesehen haben.«
Marie lächelte. »Jakob hat Fantasie.«
»Leider habe ich nicht so ganz dran geglaubt«, sagte Holger leise. »Trotzdem wollte ich dir schreiben und dich fragen.«
Holger schlug sich mit der flachen Hand vor die Stirn. »Als ich das Handy einschalten wollte, ist mir das Ding in den Bach gefallen! Ich habe es zum Glück wiedergefunden. Aber ich musste es erst trocknen lassen. Heute Vormittag habe ich es wieder eingeschaltet und Franzis Nachricht gesehen. Mich hat fast der Schlag getroffen. Ich bin dann sofort losgefahren und nonstop hierhergedüst!«

Marie stupste Holger in die Seite. »Warum hast du gestern denn nicht Jakobs Handy benutzt, um mich anzurufen?«
Holgers fuhr sich mit beiden Händen durch die Haare. »Der Akku von seinem Handy war leer. Jakob passt einfach nie auf und lädt nicht rechtzeitig nach!«
»Das kenne ich irgendwoher«, murmelte Marie.
Holger drehte sich zu ihr und nahm ihre Hände. »Es tut mir alles so leid. Ich habe mich wie der letzte Idiot benommen!«
Marie strich über Holgers Hand. »Ich glaube, ich kann dich verstehen. Mir wäre es an deiner Stelle genauso gegangen.«
»Das war ein unglaublich schreckliches Gefühl«, sagte Holger. »Es tut mir so leid, dass ich mich immer wieder über deine Eifersucht lustig gemacht habe. Das werde ich nie wieder tun.« Er sah Marie in die Augen. »Vielleicht haben wir beide noch nicht wirklich absolutes Vertrauen zueinander. Das möchte ich aber gerne haben!«
»Ich auch!«, erklärte Marie überzeugt. »Und ich glaube, mit dir zusammen schaffe ich das.«
Holger lächelte. »Gemeinsam kriegen wir das hin.«
»Abgemacht!« Marie beugte sich vor.
Die beiden versanken in einem langen Kuss – bis plötzlich ein grummelndes Geräusch erklang.
Marie musste kichern. »Ich glaube, hier hat jemand ziemlichen Hunger!«
Holger grinste schief. »Ich hab seit Stunden nichts gegessen!«
»Dann komm!« Marie sprang auf und zog Holger hoch. »Die ersten Würstchen liegen bestimmt schon auf dem Grill.«

Arm in Arm liefen sie durch die Abenddämmerung zu dem langen Steintisch, an dem das Filmteam Platz genommen hatte und sich gut gelaunt unterhielt. Kim und Franzi saßen bei Tessa und Maries Vater. Sie hatten zwei Plätze frei gehalten. Die Fackeln waren entzündet worden und Lampions leuchteten in den Bäumen. Nelli und Daniel standen mit bunten Schürzen nebeneinander an der Grillstelle und wendeten Gemüsespieße und Würstchen. Nelli sagte etwas zu Daniel. Er sah sie an und lächelte.

Jana und Niklas saßen in der Nähe auf zwei Getränkekisten und betrachteten die beiden interessiert. Niklas stieß seine Schwester an und flüsterte ihr etwas ins Ohr. Jana nickte und lächelte.

»Vielleicht wirkt es tatsächlich, das Wunder von St. Anna«, flüsterte Marie nachdenklich.

»Wie bitte?«, fragte Holger.

Marie zwirbelte eine Haarsträhne zwischen den Fingern. »Das ist eine ganz besondere Geschichte. Ich erzähle sie dir später.«

Kim und Franzi waren aufgestanden und winkten zu ihnen herüber. Die beiden strahlten und zwinkerten Marie zu.

Marie schmiegte sich an ihren Freund und spürte der warmen Glückswelle nach, die durch ihren Körper rollte. Sie sah von Holger zu ihren Freundinnen und wieder zurück.

Ob es das Wunder von St. Anna gab oder nicht, konnte und wollte Marie nicht sagen. Aber dass es das Wunder der Liebe und der tiefen Freundschaft gab, das wusste sie in diesem Moment ganz genau.

mag Sonnenblumen, Krimis und Geheimnisse. Sie lebt und schreibt in Stuttgart. Die Ideen zu ihren Geschichten findet sie beim Beobachten von Menschen im Café, beim Zeitunglesen oder bei langen Spaziergängen im Wald. Oder auch mal auf einer Wandertour durch die Schweizer Berge. Wenn die Gipfel in der Abendsonne glühen und geheimnisvolle Stille herrscht, dann träumt sie von versteckten Schätzen, Dieben, Geistern und glitzernden Bergkristallen …

Leseprobe

Mira Sol:
Legende der Einhörner

Kim sprang ein. »Guten Tag! Wir sind vom Schülerjournal und machen eine Reportage über alte Bibliotheken.«
Der Professor runzelte die Stirn. »Das ist sicher eine gute Sache. Aber mir wäre es sehr lieb, wenn ich unterrichtet werde, bevor fremde Personen in diesen sensiblen Bereich gelangen.«
Meri schluckte. »Ja, sicher. Daran haben wir nicht gedacht.«
»Nun gut.« Der Professor lief zu einem der Arbeitstische an der Wand und sah sich suchend um. »Ich habe mein Handy hier vergessen«, murmelte er.
Er sah auf seine Armbanduhr. »Es ist schon nach sechs. Meine Damen, wollen Sie nicht für heute Schluss machen? Das Wochenende ruft.« Sophie wies mit dem Kinn zum Kopiergerät. »Wir wollten noch ein Kapitel einscannen.«
Der Professor nickte. »Wenn Sie meinen. Aber dann darf ich die drei jungen Damen bitten, mit mir zu gehen. Habt bitte Verständnis, aber aus versicherungstechnischen Gründen kann ich es nicht verantworten, dass ihr mit zwei studentischen Aushilfskräften hier alleine seid.«
Marie setzte ein gewinnendes Lächeln auf. »Wir bräuchten nur noch ein paar Minuten.«

Professor Gercke schüttelte den Kopf. »Nicht ohne meine Anwesenheit. Ihr könnt gerne nächste Woche kommen, wenn ich da bin.«
Marie runzelte die Stirn und setzte zum Sprechen an. Sophie kam ihr zuvor. »Lasst uns telefonieren und einen Termin ausmachen, okay?«
Die drei !!! tauschten einen kurzen Blick. Es war offensichtlich, dass die Studentinnen keinen Ärger mit ihrem Professor haben wollten.
Franzi nahm ihre Jacke und ihren Rucksack. »Alles klar. Kommt, wir gehen.«
Kim und Marie schnappten sich ebenfalls ihre Sachen und verabschiedeten sich von den Studentinnen.
»Ich ruf dich an«, sagte Meri zu Franzi und klopfte ihr auf die Schulter. »Tut mir leid, dass das jetzt so gelaufen ist.«
Franzi schüttelte den Kopf. »Das ist kein Problem. Bis bald!«
»Nichts für ungut«, sagte Professor Gercke, nachdem die schwere Schlosstür hinter ihnen zugeschlagen war. »Ich finde es wirklich sehr schön, dass ihr euch für Bibliotheken interessiert. Aber die Bestimmungen der Versicherungen sind streng. Ich möchte meinen Ruf nicht aufs Spiel setzen.«
Die drei Freundinnen liefen mit dem Professor bis zum Ende der Steinbrücke. Dort verabschiedete sich der Mann von ihnen und nahm mit schnellen Schritten den Weg zum Westtor.
Franzi zwinkerte. »Sollen wir noch mal zurück ins Schloss?«
»Lieber nicht«, meinte Kim. »Ich will nicht, dass Meri und Sophie wegen uns Ärger kriegen.«

Marie tippte auf ihre Armbanduhr. »Außerdem haben wir gar nicht mehr so viel Zeit. Lasst uns zu mir nach Hause gehen.«
»Na gut«, antwortete Franzi sofort. »Ich freue mich schon total auf den Babysitterabend. Dein kleiner Bruder ist so süß.«
Marie nickte. »Das ist er wirklich. Aber ich warne euch: Finn wird versuchen, uns um den Finger zu wickeln, um ewig wach bleiben zu dürfen.«
»Das macht doch nichts«, meinte Kim. »Dann schlagen wir uns eben die Nacht um die Ohren. Morgen können wir schließlich ausschlafen.«
Die Mädchen liefen durch die einsetzende Dämmerung in Richtung Osttor.
Franzi seufzte. »Schade, dass wir nur so ein kurzes Stück von den Geheimgängen sehen konnten.«
Kim seufzte ebenfalls. »Ehrlich gesagt, finde ich das gar nicht so schlimm. Diese Gänge sind schon verdammt eng.« Sie rückte ihre Tasche zurecht. »Aber die Geschichte mit der Wunderkammer fand ich spannend. Ich würde gerne mal einen Blick in dieses Tagebuch werfen.«
»Hoffentlich meldet sich Meri bald«, stimmte Franzi zu. »Vielleicht ist es ja tatsächlich in einer der Kisten, die an den Restaurator geschickt wurden.«
»Wittert ihr etwa einen neuen Fall?« Marie grinste und flötete: »Die drei !!! auf der Suche nach der geheimen Wunderkammer. Warum nicht?!«
Kim zuckte mit den Schultern. »Mach dich nur lustig. Ich find's spannend.«

Sie bogen in die Allee ein, die ins Ostviertel führte, in dem Marie wohnte.
Plötzlich blieb Marie stehen und sah durch die schmiedeeisernen Stäbe des Zauns, der das Grundstück der Villa neben ihr umgab. »Was war das?« Sie deutete in den hinteren Gartenbereich, in dem sich die schwarzen Silhouetten von mehreren mächtigen Tannen erhoben. »Da hat was geleuchtet.«
Franzi reckte den Hals. »Ich sehe nichts.«
»Doch«, beharrte Marie. »Da war ein blaues Leuchten.«
Franzi kniff die Augen zusammen. »Vielleicht ein Wetterleuchten? Es fängt bestimmt gleich an zu regnen.«
»Ich weiß nicht«, sagte Marie zögernd.
Im nächsten Moment riss Franzi die Augen auf. Ein blaues Schimmern war zwischen den Tannen aufgetaucht. Es nahm an Stärke zu, schien auf und ab zu schweben und zitterte unruhig.
Und dann blieb Franzi der Mund offen stehen. Im Zentrum des blauen Leuchtens tauchte eine kleine weiße Gestalt auf: ein steigendes Pferd, dessen lange Mähne wild im Wind flatterte. Franzi schluckte. Mitten auf der Stirn des Tieres prangte ein langes, silbern glänzendes Horn.
Mit einem Schlag erlosch das Licht und die Gestalt wurde von der Dunkelheit verschluckt.
Franzi schüttelte den Kopf. »Leute, ich hab Halluzinationen«, presste sie hervor.
Marie fasste sie am Arm. »Hast du etwa auch ein ...«
»... Einhorn gesehen?«, ergänzte Kim.

Marie lachte hysterisch. »Das kann ja wohl nicht wahr sein.« In der nächsten Sekunde hörten sie einen schrillen Schrei.

Die drei !!!

Ein neuer Fall für Kim, Franzi, Marie und dich!

Bei einem Picknick soll ein Hund von einem gefährlichen Raubtier angefallen orden sein. Man schiebt Franzis Mutter die Schuld für die Attacke in die Schuhe. Ist es am alten Mühlbach wirklich gefährlich? Geh mit den drei Detektivinnen auf Spurensuche!

Hol dir Die drei !!! – Picknickdrama **als App**

Laden im App Store | JETZT BEI Google Play

Illustrationen: Ina Biber

diedreiausrufezeichen.de

Die drei !!!

Clevere Girls knacken jeden Fall!

- ☐ Die Handy-Falle
- ☐ Betrug beim Casting
- ☐ Gefährlicher Chat
- ☐ Gefahr im Fitness-Studio[e]
- ☐ Tatort Paris[e]
- ☐ Skandal auf Sendung[e]
- ☐ Vorsicht Strandhaie![e]
- ☐ Skaterfieber[e]
- ☐ Im Bann des Tarots[e]
- ☐ Tanz der Hexen[e]
- ☐ Kuss-Alarm[e]
- ☐ Popstar in Not[e]
- ☐ Gefahr im Reitstall
- ☐ Spuk am See[e]
- ☐ Duell der Topmodels[e]
- ☐ Total verknallt![e]
- ☐ Gefährliche Fracht[e]
- ☐ VIP-Alarm[e]
- ☐ Teuflisches Handy[e]
- ☐ Beutejagd am Geistersee[e]
- ☐ Skandal auf der Rennbahn[e]
- ☐ Jagd im Untergrund[e]
- ☐ Undercover im Netz[e]
- ☐ Fußballstar in Gefahr[e]
- ☐ Herzklopfen![e]
- ☐ Tatort Filmset[e]
- ☐ Vampire in der Nacht[e]
- ☐ Achtung, Promihochzeit![e]
- ☐ Panik im Freizeitpark[e]
- ☐ Falsches Spiel im Internat[e]
- ☐ Betrug in den Charts[e]
- ☐ Party des Grauens[e]
- ☐ Küsse im Schnee[e]
- ☐ Brandgefährlich![e]
- ☐ Diebe in der Lagune[e]
- ☐ SOS per GPS[e]
- ☐ Mission Pferdeshow[e]
- ☐ Stylist in Gefahr[e]
- ☐ Verliebte Weihnachten[e]
- ☐ Achtung, Spionage![e]
- ☐ Im Bann des Flamenco
- ☐ Geheimnis der alten Villa[e]
- ☐ Nixensommer
- ☐ Skandal im Café Lomo!
- ☐ Tatort Geisterhaus[e]
- ☐ Filmstar in Gefahr[e]
- ☐ Unter Verdacht[e]
- ☐ Die Maske der Königin[e]
- ☐ Skandal auf dem Laufsteg[e]
- ☐ Freundinnen in Gefahr[e]
- ☐ Krimi-Dinner[e]
- ☐ Das rote Phantom
- ☐ Hochzeitsfieber!
- ☐ Klappe und Action!
- ☐ Wildpferd in Gefahr
- ☐ Geheimnis im Düstermoor[e]
- ☐ Tatort Kreuzfahrt
- ☐ Gorilla in Not[e]
- ☐ Das geheime Parfüm
- ☐ Liebes-Chaos!
- ☐ Der Fall Dornröschen
- ☐ Spuk am Himmel
- ☐ Flammen in der Nacht
- ☐ Der Graffiti-Code
- ☐ Heuler in Not
- ☐ Tanz der Herzen[e]
- ☐ Tatort Geisterbahn
- ☐ Gefahr im Netz
- ☐ Nacht der Wölfe
- ☐ Gefährliches Spiel
- ☐ Gefahr in den Ruinen
- ☐ Kuss der Meerjungfrau
- ☐ Legende der Einhörner
- ☐ Rätsel der Vergangenheit
- ☐ Tatort Hollywood
- ☐ #Falscher Ruhm
- ☐ Achtung, Gaunerzeichen!
- ☐ Das Bienengeheimnis
- ☐ Vier Pfoten in Gefahr
- ☐ Ein echt schöner Fall
- ☐ Geheimnis im Spukhotel
- ☐ Das Konfetti-Komplott
- ☐ Voller Einsatz für die Erde
- ☐ Luftballon-Küsse
- ☐ Ein Fall mit Herz und Huf
- ☐ Rätselhafter Raub
- ☐ Geheimnisvoller Liebestrank
- ☐ Die Krimi-Verschwörung
- ☐ Der Fluch der Fee
- ☐ Mission Gipfelglück

Alle Bücher auch als E-Book erhältlich

[e] nur als E-Book erhältlich

diedreiausrufezeichen.de